Blood and Bone

En chair et en os

Blood and Bone

En chair et en os

Joyce Marshall

Mosaic Press
Oakville, ON - Buffalo, N.Y.

Canadian Cataloguing in Publication Data   Données de catalogage avant publication (Canada)

Marshall, Joyce, 1913-

    Blood and bone = En chair et en os

Text in English and French.

ISBN 0-88962-602-2

I. Title. II. Title: En chair et en os.

PS8526.A77B56 1995   C813'.54   C95-932752-5E
PR9199.3.M37B56 1995

Marshall, Joyce, 1913-

    Blood and bone = En chair et en os

Texte en anglais et en français.

ISBN 0-88962-602-2

I. Titre. II. Titre : En chair et en os.

PS8526.A77B56 1995   C813'.54   C95-932752-5F
PR9199.3.M37B56 1995

Published by MOSAIC PRESS, P.O. Box 1032, Oakville, Ontario, L6J 5E9, Canada. Offices and warehouse at 1252 Speers Road, Units #1&2, Oakville, Ontario, L6L 5N9, Canada and Mosaic Press, 85 River Rock Drive, Suite 202, Buffalo, N.Y., 14207, USA.

Mosaic Press acknowledges the assistance of the Canada Council, the Ontario Arts Council, the Ontario Ministry of Culture, Tourism and Recreation and the Dept. of Canadian Heritage, Government of Canada, for their support of our publishing programme.

Cover and book design by Susan Parker
Printed and bound in Canada
ISBN   0-88962-602-2

In Canada:
MOSAIC PRESS, 1252 Speers Road, Units #1&2, Oakville, Ontario, L6L 5N9, Canada. P.O. Box 1032, Oakville, Ontario, L6J 5E9
In the United States:
MOSAIC PRESS, 85 River Rock Drive, Suite 202, Buffalo, N.Y., 14207
In the UK and Western Europe:
DRAKE INTERNATIONAL SERVICES, Market House, Market Place, Deddington, Oxford. OX15 OSF

Acknowledgements

This has been a collective effort which began, obviously, with the creation of the stories by Joyce Marshall and with her permission to print them in their original and translated forms. The excellent work of the translators is there for all to see, and much appreciated. Ray Ellenwood and Suzanne Mineau were responsible for initiating the project and for collecting and editing of the original and translated texts. Thanks to Beatriz Zeller for work on production details, and to Jane Brierley and Christine Klein-Lataud for help along the way.

The painting reproduced on the cover is a portrait of the young Gwendolyn MacEwen by Barker Fairley. It is used here not only because if reflects so well the mood of the stories, but because both painter and poet were close friends of Joyce Marshall. With thanks to Mrs. Barker Fairley and to the Blackwood Gallery, Erindale College of the University of Toronto, Mississauga. (Photograher Steve Jaunzems)

Ce livre est le fruit d'un effort collectif dont la première étape a été, bien évidemment, la création de ces nouvelles par Joyce Marshall et la permission qu'elle a accordée de les publier en même temps en langue originale et en traduction. On peut constater le beau travail des traducteurs et des traductrices. L'initiative de ce projet revient à Ray Ellenwood et Suzanne Mineau, qui ont également rassemblé et révisé les textes originaux et leur traduction. Nous remercions Beatriz Zeller, qui a aidé à mettre au point certains détails de production, ainsi que Jane Brierley et Christine Klein-Lataud, qui ont contribué à l'avancement du projet.

Le tableau reproduit en couverture est un portrait de jeunesse de Gwendolyn MacEwen par Barker Fairley. Il a été choisi non seulement parce qu'il reflète parfaitement le ton des nouvelles mais aussi parce que le peintre et la poète étaient des amis intimes de Joyce Marshall. Nous remercions Mme Barker Fairley et la galerie Blackwood du Collège Erindale, Université de Toronto, de nous avoir accordé l'autorisation de reproduire cette oeuvre. (Photographie par Steve Jaunzems)

Table of contents / Tables des matières

Joyce Marshall - Publications

Novels and Stories/Romans et nouvelles:

Presently Tomorrow (Toronto: McClelland & Stewart; Boston: Little, Brown, 1946).
Lovers and Strangers (Philadelphia: Lippincott, 1975).
A Private Place, selected stories (Ottawa: Oberon, 1975).
Any Time At All and Other Stories (Toronto: McClelland & Stewart, 1993).

Translations/Traductions:

The Road Past Altamont [Gabrielle Roy, *La Route d'Altamont*] (Toronto: McClelland & Stewart, 1966).
Word From New France; The Selected Letters of Marie de l'Incarnation, edited and translated by J. Marshall (Toronto: Oxford University Press, 1967).
No Passport; A Discovery of Canada [Eugène Cloutier, *le Canada sans passeport*] (Toronto: Oxford University Press, 1968).
Windflower [Gabrielle Roy, *La Rivière sans repos*] (Toronto, McClelland & Stewart, 1970).
The October Crisis [Gérard Pelletier, *La Crise d'octobre*] (Toronto: McClelland & Stewart, 1971).
A Woman in a Man's World [Thérèse Casgrain, *Une Femme chez les hommes*] (Toronto: McClelland & Stewart, 1972).
Enchanted Summer [Gabrielle Roy, *Cet Été qui chantait*] (Toronto: McClelland & Stewart, 1976). Winner of the Canada Council Translation Prize.

Over twenty stories by Joyce Marshall were broadcast by CBC radio between 1950 and 1983. Her works have also been published in a variety of periodicals, including *Saturday Night, Canadian Life, Fiddlehead, Tamarack Review, Canadian Fiction Magazine, Canadian Forum*, and *Dandelion*. They have appeared in a number of anthologies, including *The "Anthology" Anthology, The New Canadian Stories* and *The Oxford Book of Canadian Short Stories*.

Plus de vingt nouvelles de Joyce Marshall ont été mises en ondes par Radio-Canada entre 1950 et 1993. Ses oeuvres ont également paru dans de nombreuses revues et anthologies (voir titres ci-dessus).

Discovering Friendship

Joyce Marshall and I first met on a train. It was in 1974 and we were travelling to Stanley House at Richmond on the Gaspé Peninsula to take part in a conference of literary translators sponsored by the Canada Council. This was the gathering that led to the founding of the Literary Translators' Association of Canada.

Most of us travelling to Stanley House were meeting for the first time, although some of us already knew Philip Stratford, the catalyst and principal organizer of the gathering. It was a long trip, a full twenty-four hours, and trains still had dining cars and club cars, so there was much shuttling back and forth and considerable opportunity for convivial exchange before the serious business began at our destination. When I met Joyce I knew that she had already translated several books and was currently translating Gabrielle Roy, as well as being a recognized and respected author in her own right. I, with my own slim credentials, was in awe.

I was much taken, however, by her interest in others and quiet but keen sense of humour. She accurately perceived in me an excessive do-gooding tendency toward total strangers and for the rest of the trip was keeping me out of trouble, which provided a good many chuckles. By the time we got off that train, I had discovered that she and I had similar thoughts about a lot of things.

I don't think anyone will disagree when I say that the revelation for all of us at Stanley House was that the tales of woe each of us had to tell, thinking they were unique, turned out, with slight variations, to be everyone else's tales of woe as well. The group decided that if ever literary translators were to have some consideration in the book industry, control of our own work, and a little respect, we must have an association. That association was born a year later, on May 17, 1975.

Looking back from these mid 1990s, the Association's primary goals in the mid 1970s look pretty rudimentary -- but then, literary translators were working under rudimentary conditions. We were, of course, immeasurably fortunate in having the Canada Council's encouragement and newly-established grant system, but in all other respects we were dirt under everyone's feet. It was common practice not only to ignore a book's translator completely in reviews, publicity, catalogues, lists and bibliographies, but to omit credit to the translator even on the title page of a book and in anthologies.

Joyce played a leading and effective part in monitoring such practices, writing letters to alert those responsible, and in every available way raising awareness in the book industry and in the public that translators should be given proper recognition in association with their work. As a vice-president of the Association, she travelled from Toronto to all the Montreal meetings without missing one for years, and brought to them the benefit of her broad experience and unerring wisdom. She always stayed at my house when she came to Montreal, and I stayed with her when I went to Toronto, so we did a lot of talking, mostly about translation.

Another sore point for the Association was the editing of translations. Editors routinely did whatever they wanted with translations, riding roughshod over the objections of translators who had worked hard to be accurate and at the same time make their texts readable. Joyce, with the credibility she had earned in the milieu, once again spearheaded the drive to educate publishers and their editors. This was a tougher nut.

Certain publishers who shall be nameless had decided that there was an intrinsic and necessary opposition between fidelity and readability; a faithful translation was *per se* unreadable, we were told, and translators were so wedded to fidelity that only editors, bilingual or not, could be allowed to make final decisions. Added to this, it was not uncommon for authors with inflated notions of their own second-language proficiency to try to impose lexical and syntactical horrors on translations of their work.

It was perhaps especially our joint efforts in the wars over editing that drew Joyce and me together in friendship. Beyond the campaign we waged together on behalf of the Association, she came to my defense in one case in point, and on one occasion was my editor. I lost no opportunity to listen and learn from her, and for all I learned will forever be deeply grateful. But I also knew the value of her friendship through a period of great personal trial for me, outside the translation context, when her sensitivity and loyal support were unfailingly generous and sustaining. This is an indelible memory in my affection for her.

What has emerged consistently from my association with Joyce, and what I hope has rubbed off on me, is her writer's approach to translation. The English language to her is a treasure to be celebrated and never abused; in her translation as in her writing, passable is not good enough.

My wish is that all readers of this collection may come away with some special, personal enrichment, a taste of the enrichment I have known.

Patricia Claxton,
Montreal, March 1995

Qui Est Joyce Marshall?

Les lecteurs du Québec seront peut-être surpris d'apprendre que Joyce Marshall est née à Montréal en 1913 dans une famille établie au Québec depuis quatre générations. Elle y a vécu jusqu'à l'âge de 23 ans, avant d'aller s'établir à Toronto. Il ressort clairement de ses déclarations et de son oeuvre que le Québec demeure pour elle une patrie spirituelle importante. Voici ce qu'elle a écrit à un ami en lui présentant son premier livre de nouvelles: «...si, avant même que vous ne sachiez marcher, on ne vous a pas portée à bout de bras dans les eaux vertes du Saint-Laurent, vous êtes absolument incapable de comprendre!» Plus de la moitié des nouvelles de *Any Time at All and Other Stories* (1993) se déroulent au Québec. Il en est de même pour son premier roman, *Presently Tomorrow* (1946), dans lequel on peut lire cette description des Cantons de l'Est:

> C'était l'un des plus jolis coins de la province
> de Québec... un endroit valonné du sud-ouest
> où les Loyalistes de l'Empire étaient venus
> s'établir après la guerre de l'Indépendance,
> une région rurale qui comptait une importante
> population de langue anglaise. Cela trans-

paraissait dans des noms de lieux comme Farnham, Bolton, Sherbrooke, Richmond, des noms qui constituaient un discret rappel à l'ordre anglo-saxon à côté des Saint-Polycarpe, Sainte-Émilie et Saint-Télesphore du reste de la province.

Dans ses premières nouvelles, comme *The Little White Girl,* on sent l'amour de Joyce Marshall pour les paysages québécois, son sentiment d'appartenance et en même temps son impression d'être une étrangère. Quant au ton quelque peu moqueur qui transparaît dans le passage cité précédemment, il représente une qualité constante dans son oeuvre. C'est une sorte d'humour à double tranchant: la narratrice regarde le reste du monde (et même ses propres personnages) avec une ironie tendre et moqueuse, comme si elle les voyait de l'extérieur, et c'est avec la même ironie qu'elle se regarde elle-même, parfaitement consciente de sa situation marginale. Dans les récits racontés du point de vue d'une enfant, l'enfant n'est peut-être pas conscient de cette double ironie, mais la narratrice et le lecteur le sont. L'enfant ressent simplement une tension entre l'enracinement et le dépaysement. Est-ce cette tension que ressentait Joyce Marshall au Québec? Pourrait-elle expliquer, du moins en partie, cette qualité constante et des plus attachantes de son oeuvre: son détachement ironique?

Il n'en reste pas moins que Joyce Marshall, petite-fille d'un ministre anglican de Montréal, est la fille d'un courtier en valeurs mobilières et d'une mère tellement déçue par sa vie qu'elle a convaincu ses enfants de ne pas faire comme elle. Elle fréquente la Westmount High School, puis un pensionnat anglican pour jeunes filles, l'École St. Helen de Dunhams. (Sa vision littéraire de cette école dans *Presently Tomorrow* a scandalisé certains critiques.) En 1935, à la collation des grades de l'Université McGill, où elle a participé à la rédaction du *McGill Daily*, Joyce se mérite un premier prix d'anglais et de littérature. C'est à cette époque qu'elle commence à publier des nouvelles et des poèmes. Une fois établie à Toronto, elle continue d'écrire des oeuvres de fiction, des essais et aussi des recensions de livres dans *Saturday Night, Canadian Home Journal, Montrealer, Tamarack Review* ainsi que dans d'autres revues. Son premier roman, *Presently Tomorrow*, est publié à Boston en 1946 et son second, *Lovers and Strangers*, à Philadelphie en 1957. Cependant, le roman ne constituera pas son genre littéraire de prédilection.

Vers la fin des années 1940, Joyce Marshall commence à travailler régulièrement à la radio de CBC, rédigeant des textes et participant à des émissions comme *Canadian Short Stories* ou *Anthology*. Elle semble avoir opté pour les récits courts, et beaucoup de ses premières nouvelles sont lues à la radio avant d'être publiées dans des ouvrages tels que *The "Anthology" Anthology, The New Canadian Stories* ou *The Oxford book of Canadian Short Stories in English*. En 1975, Oberon Press publie une première collection de nouvelles sous le titre de *A Private Place*. Tout récemment, en 1993, McClelland and Stewart a publié *Any Time at All and Other Stories*, une série de nouvelles choisies et postfacées par Timothy Findley.

En présentant un nouveau livre de Joyce Marshall, ce n'est pas seulement à l'auteure d'essais et de nouvelles que nous voulons rendre hommage. Joyce Marshall a permis que des oeuvres canadiennes-françaises soient connues en anglais en publiant sept traductions. Mentionnons entre autres *Word From New France*, des lettres de Marie de l'Incarnation (la célèbre religieuse ursuline du 17e siècle) choisies et présentées par la traductrice, et *A Woman in a Man's World*, l'histoire d'une autre militante fort différente, Thérèse Casgrain. Plus importantes encore sont sans doute ses traductions de Gabrielle Roy: *The Road Past Altamont* (*La Route d'Altamont*), *Windflower* (*La Rivière sans repos*), enfin *Enchanted Summer* (*Cet été qui chantait*) qui lui a valu, en 1976, le prix de la traduction du Conseil des Arts. En 1975, Joyce Marshall fut l'un des membres fondateurs de l'Association des traducteurs littéraires du Canada; en publiant *En chair et en os*, ses collègues veulent faire ressortir l'importance de son oeuvre à la fois comme écrivaine et comme traductrice. Sept membres de l'Association ont chacun traduit une nouvelle. A l'exception de «L'Ennemi», ces textes, que l'auteure a elle-même choisis, n'avaient jamais été réunis dans un même ouvrage. Il s'agit d'un travail collectif visant à rendre hommage à un talent extrêmement personnel.

On ne retrouve pas dans les oeuvres de Joyce Marshall les qualités poétiques ou «gothiques» d'autres écrivains comme Anne Hébert, sa contemporaine. L'auteure se préoccupe plutôt de personnes qui mènent une vie paisible et discrète, mais qui se retrouvent tout à coup confrontées à une situation qui les ébranle ou qui leur fait prendre conscience de certaines vérités sur eux-mêmes ou sur les autres. On pourrait dire que ces nouvelles analysent le point de rencontre du banal et du métaphysique; les personnages se retrouvent face à la mort ou face à la chose la plus banale et la plus métaphysique qui soit: les mystères de l'amour humain. Ces personnages sont souvent des femmes tentant d'affirmer ou de faire accepter leur besoin d'autonomie dans un monde qui peut être poliment ou brutalement hostile.

Dans les nouvelles antérieures, des événements précis du passé sont souvent considérés à travers les yeux d'une jeune fille, avec toute l'ironie d'une narratrice d'âge mûr qui regarde derrière elle; il s'agit d'histoires distinctes, mais reliées néanmoins par la même narratrice et par bien des personnages communs. Les lecteurs de Gabrielle Roy reconnaîtront cette forme d'écriture qui est presque devenue une tradition chez les écrivaines canadiennes, allant de Roy à la génération plus jeune des Alice Munro et Sandra Birdsell. C'est une approche qui privilégie le souvenir plutôt que l'incident, la prise de conscience plutôt que l'action, le style simple et direct plutôt que les envolées lyriques, la subtilité plutôt que le coup d'éclat.

Dans les nouvelles présentées ici, la chair et les os ont quelque peu vieilli. Il s'agit d'histoires récentes, et aucune ne se déroule évidemment au Québec; des personnages adultes font face à des fanatiques religieux, à de grands enfants donnés en adoption des années auparavant, ou encore luttent pour protéger un petit coin d'eux-mêmes contre les âmes charitables qui veulent les aider au moment de la mort. Ces personnages se construisent souvent un monde imaginaire complexe, pour les autres ou pour eux seuls. Dans tous les cas, Joyce Marshall met l'accent sur ce qui se passe dans la tête, et c'est une des raisons qui lui ont valu d'être comparée à Virginia Woolf. Joyce Marshall n'est pas une auteure prolifique, mais une amoureuse du travail bien fait. Au cours des années, elle a mis au point des mécanismes complexes pour révéler toutes les strates de la pensée de ses personnages. Tout en privilégiant la narration à la troisième personne, elle adopte la perspective d'un personnage qui semble parfois, mais pas toujours, conscient d'être le narrateur. Margaret Laurence appelait ce mode de narration la technique «de la première et de la troisième personne». Joyce Marshall l'utilisait déjà de façon subtile en 1946; dans *Presently Tomorrow*, un même monologue intérieur peut contenir trois pronoms personnels differents; elle passe du «elle» au «je» lorsque la narratrice prend conscience de ce qui se passe en elle («Me voilà encore en train de penser que je suis différente des autres.») et elle utilise même le «tu», parfois pour remplacer le «on» indéterminé, mais souvent pour indiquer que son héroïne prend un peu de recul et se parle à elle-même d'un ton condescendant et avec un humour inconscient («Quand tu étais très jeune, vers l'âge de douze ans, tu étais convaincue d'être vraiment différente. Mais maintenant que te voilà presque adulte, tu as parfois l'impression d'avoir été tout simplement vaniteuse, d'avoir voulu paraître différente parce que tu éprouvais de la fierté à ne pas être comme les autres.»)

C'est ce changement de point de vue d'un même personnage que Joyce Marshall a appris à maîtriser dans ses nouvelles, pour le plus grand plaisir de ses lecteurs. Dans les récits qui suivent, on verra qu'un dialogue et qu'un monologue intérieur se déroulent souvent simultanément; ils sont entrecoupés de réactions à des événements extérieurs ou de pensées nouvelles qui viennent confirmer ou contredire des impessions antérieures (et que l'auteure choisit souvent de mettre entre parenthèses). Comme les traducteurs et traductrices l'ont découvert, it faut que le lecteur soit toujours extrêmement attentif afin de bien différencier le type d'information transmise et sa provenance, sans parler des différents moments dans le temps et des dialogues réels ou imaginaires. La complexité du récit à la fin de «...Où est ta victoire» constitue un bon exemple; l'auteure veut nous montrer l'humour querelleur et sarcastique d'une personne qui ne ménage pas ses anges gardiens et ne se ménage pas non plus; ce n'est pas une personne gentille, mais une femme qui rage avec un détachement plein d'autodérision pouvant racheter bien des fautes, une femme parfaitement capable de vivre des émotions intenses, mais qui nous épargne le mélodrame et les larmes et se contente de demi-mots et d'ironie. C'est ce que j'aime chez Joyce Marshall.

Ray Ellenwood
(traduction de Suzanne Saint-Jacques Mineau)

The Tourist

"**S**omeone has to do it," she said, "so it might as well be me." Because I'm forewarned, she meant. Not only that, I'm tough. I can match him. (Candace was thinner skinned, had been tricked by his pretended concern.)

"But are you sure he'll try it with you?" someone asked. "Everyone takes a vacation now and then."

"Vacation – that tourist! You've seen him at parties, those eyes of his never still, searching for some bit or piece he can combine or contrast or weave in with other bits. He never lets up. He couldn't afford to."

It was one thing for him to be up to these tricks in Portugal or Greece; the people whose indiscretion or predicaments supplied the bits were unlikely to see the stories he made of the bits. But now that he'd come home to Toronto and clearly intended to use the same tactics here, had already used them with Candace, catching her at a bad moment, in messy mid-divorce, his way of gathering material was no longer merely cumbersome and (it had always seemed to her) unpleasantly deliberate and time-wasting, it was a menace.

"I never believed he just observed passively as he claimed," she said. "He set things up. He's proved that now.

I want to catch him in the act. Make him squirm as Candace squirmed. It won't stop him. Nothing could probably. But when I'm through with him, he won't dare write anything about Candace. Or play around with any more of us." Also, she had to admit, she was curious. "I want to see whether he varies his technique. All Candace remembers is that he used a sugary trap with her – we all know what happens when she forgets herself and starts talking. I'm curious to see what method he'll use with me."

But for the first hour or so it seemed that he wasn't going to use any method at all, that he'd chosen this evening to be, as had been suggested, "on vacation."

She'd used the only excuse for an invitation she could think of: that he come round for a drink to share memories of Greece. So there he sat in her living-room, telling her about Greece. Like most writers, he had very little small-talk. Like most writers also (herself included, probably; she always found it hard to separate her writing self from her other selves) he didn't speak as he wrote. Most of her writer friends, with the exception of the few who clearly – and somewhat boringly – practised their writing aloud (and one who talked in complete sentences) spoke rather sloppily as if anxious not to waste anything – phrase or concept – that might be useful. His speech wasn't sloppy, it was correct, stiff, a bit teacherish. (His written style was rhythmic, dense. Actually, she had to admit, he was a damn good writer.) Also, she noticed, though he mentioned people he'd met on his travels, none of them had later become characters. She doubted that this was discretion or even reticence, since he'd been frank in more than one interview about his working method; more likely he simply wiped people from his mind the moment he'd written about them.

He was a soporific talker. (Perhaps that was part of the technique?) His broad, unaccented, somewhat fleshy face changed expression very little. Only his eyes – so dark that iris could scarcely be distinguished from pupil and holding wedges of light – were in constant, if rather lazy

2

motion, now over her head to the bookshelves, now past her shoulder to the blue Matisse print. She'd had a stringent housecleaning before he came, tidying away most of the muddle, lugging stacks of magazines and still-to-be-clipped newspapers into the study. Now she wondered whether she'd left the place too bare. (Had he noticed this? Was it the sort of thing he'd seize upon?) The thought scratched at her, distracting her from what he was saying – something about the time of the colonels.

"Well, your turn," he said suddenly, then. "I thought the plan was that we were to share memories of Greece. Just when were you there?"

"In 1965," she said. "A year or so before the colonels."

He was looking at something to one side of her now – the reflection perhaps of the side of her head in the glass of the Matisse. Always the observer, not the observed, she felt her movements stiffening, slowing. "I travelled around a bit – Athens, Delphi, Crete, the obvious – then lived for six months on Mykonos. It was out of season so I was able to rent a flat – the entire ground floor of one of those little square white houses. It was a block back from the harbour, not so far into the maze that I'd get lost. I even had a slavey – a twelve-year-old girl who came round after school to bring fresh well-water and sweep up."

"Were you there alone?"

The beginning of direct questioning. She'd made no definite plan – such prior arrangements of words and actions never worked, in her experience. All she knew was that when the time seemed right, when she'd watched him at work for a while, she'd lie. Then bring the roof down on him.

"Quite alone," she said.

"Funny." He paused, just a fraction. "I'd have expected *you* to choose one of the less touristed islands."

His emphasis of the pronoun, and a hint of what might be contempt in his voice, showed her where he was headed. "I wasn't on a vacation, I was working," she said. "There are times when one wants to be challenged, even shaken up, by strangeness, times when one wants just enough to keep one alert."

"So you calculated the amount of strangeness and decided that Mykonos filled the bill. Are you always so precise?"

So that's how it goes. Pick up every word they say. Well, he wouldn't have it so easy. But before she could speak, "You don't like questions," he said.

"Sensible questions I like. Not picky finicky —"

She expected him to push this further, say "Do you measure questions too?", something of that sort, a push into greater and greater absurdity. Instead he smiled. She couldn't tell whether it was a smile of satisfaction. "Well, tell me more," he said. "About Mykonos."

"The wind," she said. "The dozens of little blue and white chapels, every one a different shape. The windmills. The tame pelican that trotted about between the tables of the harbour cafes."

"You've never written about those months? Never even used the setting? Though you've certainly written about wind." He paused. (Again she felt that he was making a note of some kind — perhaps the way the lamplight struck her face, perhaps her expression.) "That's a very moving sequence," he said. "One of your finest."

You made it happen in Arles in the mistral. Why did she expect him to say that. The wind was the same, mean and persistent, but it was on Mykonos that you took those shameful daily journeys to the poste restante, looking for letters that came so seldom and when they did come brought such anger and humiliation. What nonsense. No one could read another mind to that extent. It was a lucky shot. Just chance that his eyes brushed my face at that moment. Anyway, I have a stoic face. But suppose he just thinks he can read and builds from that.

"Have I, without meaning to, offended you?" he said. "I was simply trying, with singular lack of cooperation, to converse. I thought that since we're both engaged in the same unlucrative but obscurely rewarding profession — but perhaps I've assumed too much." He was looking at her

4

across the rim of his glass. He didn't often allow himself a direct look but when he did, his eyes were sharp. "Assumed too much in believing we could be friends."

Well, here was a cornering of a sort. She'd have to show herself churlish, or envious of his greater success as a writer, God knows what he'd make of it (and after all *she* had invited *him*) or accept his offer (at least pretended offer) of friendship, which he'd have every right to recall to her later. And she must be irreproachable, in her own eyes as well as his. But he was skilful, not enough impertinence to be offensive, then such innocence of expression and voice.

"Do at least leave your mind open," he was saying. "In exchange I'll promise not to press for answers to any questions. If there's something about your life on Mykonos you'd rather not tell me, or if it's just my way of showing interest you don't like —"

Now he really had her. Or so he thought. His posture had tightened, a very little but still tightened. In other circumstances she'd have made a joke of the whole thing. Well, play along, show him it isn't so easy. She laughed. "I'm an old hand at only telling what I choose."

"So we'll change the subject. Have I told you how much I admire you as a writer? If not, forgive me. You and Candace MacGregor are, in my perhaps not sufficiently humble opinion, our two foremost women novelists."

She thanked him, though the last thing she wanted was to accept compliments from him. (Did the link with Candace mean that he'd guessed what she was up to? Or that he was planning to use them together in a story? Or was he just incredibly crass. Most people would consider them both rather minor writers, Candace young, herself not very prolific.)

"It's so pleasant," he was saying, "to be able to spend time with other writers. I missed that, I've just begun to realize how much, during my wandering years. Oh but forgive me. I drink very little. But that's no reason why you should nurse that bit of melted ice. May I fill your glass for you?"

She'd do it, she said.

So part of the process was to keep her drinking. Well, she could manage that, she thought as she plopped ice into a glass of more tonic water than gin. He'd made his picture of her (or rather she'd made it for him) — someone who disliked personal questions, who with months to spend on Greece chose to waste them on a dullish touristed island. It was a dismal picture (and it would astonish most of her friends — or so she hoped) but she was stuck with it. When she'd thought of this encounter, she'd imagined herself speaking and acting as herself. Well, she'd have to go on from where she was, allow him to think (distasteful as the notion was) that he was softening her up. Then seem to let down her guard.

But she'd poured (and drunk) three glasses of almost pure tonic water, started him on a second stronger drink (which he'd asked her to dilute — the wimp!) and they were still talking about casual things. Their favourite and less favourite Canadian writers. What various of them were like (since she knew so many more writers than he did). Her answers were bland. If he was angling for hints of animosities or even feuds, he wouldn't get them: this was her project, she didn't propose to involve anyone else. The difficulty of finding apartments in Toronto; she was lucky to be able to afford something so pleasant. She thought of telling him she had help with the rent but before she could think of someone outrageous enough, the moment passed and he was telling her about his discovery since coming home: having learned with some difficulty how to be an outsider, he was finding it equally hard to learn how not to be an outsider. . . . "I hadn't realized how easily one slips into living along the surface, observing but not really concerning oneself with various matters —"

Her attention slipped. Perhaps boring her was part of his technique. Enough, she decided. More than enough. She'd make the move herself the first hint of an opportunity he gave her.

"Let's be a little more personal, shall we?" he said.

"Yes, let's," she started to say. "I have to confess I wasn't entirely –"

"And talk about your writing for a moment. I find it strange that you don't write about passive women, women as victims."

"Why should I?" She tried to look at him levelly but his eyes skidded away, he was making another of his notes: reclusive woman writer (she could see him setting it down in one of those packed looping sentences of his) in her room of few but well-chosen prints, and many books, her stripped and tidied room, begins to revolt against the picture he's formed of her. Her voice cracks but she thrusts on. "I wasn't entirely frank with you. I wasn't alone on Mykonos. Not all of the time. You see I'd gone there to –"

"I wasn't accusing you of anything," he said, and glanced at her again. "I see you as one of the lucky ones. Independent, reasonably successful as success is measured in this little country. Deservedly so. With all sorts of interesting and rewarding contacts with other writers. We can't all be Candace MacGregors, going hot from raw experience, in the present instance from the divorce court, to the typewriter. Luckily we don't have to be. We can develop pure insight, pure imagination."

"As a substitute for experience? Is that what you're saying?"

"Simply that you've clearly found a working method that suits your temperament and style." Again he sipped his drink, looked at her over his glass. "As I've found mine."

"Damn it, I'm not in the least like you. I haven't wandered through life as a tourist, picking up this, picking up that. I left home when I was eighteen. Or rather home left me. My mother died and I didn't get on with my father. I had a devil of a time for years and years. But one thing I've always had. I always had a lover. Not the same one all the time, but most of them were with me for a good many years. I have one now. I –" He tensed, he was waiting, his eyes glinting with those particles of light. "So let's start with the one who followed me to Mykonos, shall we? Let's start with him."

She'd bring out one by one the details that had gathered in her head – the dying wife, the farewell scene beside one of the windmills. Pile them on. Then she'd say: It's a damned lie, I've staged this whole thing. Did you? he'd say. All of it? he'd say. And I'll say – But it wouldn't work, she'd laugh, right this minute, make a joke of it – but that wouldn't work either. It didn't matter what she said or didn't say. She'd boxed herself in. She couldn't say anything now that he couldn't use. Even if she was perfectly silent, he'd use that. And would. With all the details he'd assembled (or she'd given him) right from the beginning.

Le touriste

Traduction de Christine Klein-Lataud

—Il faut bien que quelqu'un le fasse, dit-elle. Alors, pourquoi pas moi?

Elle voulait dire: parce que je suis avertie. En plus, je suis coriace, capable de lui tenir tête. (Candace était plus sensible et s'était laissé prendre à sa sollicitude hypocrite.)

— Mais tu es sûre qu'il va essayer avec toi? demanda quelqu'un. Tout le monde prend des vacances de temps en temps.

— Des vacances, ce touriste ! Vous l'avez vu dans les soirées, avec ses yeux toujours aux aguets, en quête d'un fragment, d'un morceau à combiner, à mettre en contraste ou à tisser avec d'autres fragments. Il n'arrête jamais. Il ne pourrait pas se le permettre.

Quand il se livrait à ses manigances au Portugal ou en Grèce, c'était autre chose; il était hautement improbable que les gens dont l'indiscrétion ou les épreuves avaient fourni les fragments de base lisent jamais les histoires qu'ils avaient alimentées. Mais maintenant qu'il était de retour à Toronto, avec l'intention manifeste de recourir aux mêmes tactiques, maintenant qu'il les avait déjà utilisées avec Candace, l'attrapant à un mauvais moment, en plein milieu d'un divorce pénible, sa méthode pour récolter ses matériaux n'était plus seulement embarrassante, désagréablement préméditée et laborieuse (comme elle l'avait toujours pensé), elle constituait désormais une véritable menace.

– Je n'ai jamais cru qu'il se contentait d'observer passivement, comme il le prétendait, dit-elle. Il tend des pièges. Il vient de le prouver. Je veux le prendre sur le fait. Le mettre sur le gril, comme il l'a fait à Candace. Cela ne l'arrêtera pas. Probablement que rien ne pourrait l'arrêter. Mais quand j'en aurai fini avec lui, il n'osera plus écrire quoi que ce soit sur Candace, ni se jouer d'aucun de nous.

De surcroît, elle devait admettre qu'elle était curieuse.

– Je veux voir s'il varie sa technique. Candace se souvient seulement qu'il était tout sucre tout miel avec elle. Et nous savons tous ce qui arrive quand elle s'oublie et se met à parler. Je me demande bien quelle méthode il va utiliser avec moi.

Mais, pendant la première heure, il donna l'impression qu'il n'allait utiliser aucune méthode, qu'il avait choisi cette soirée pour «prendre des vacances», comme quelqu'un en avait émis l'hypothèse.

Elle avait eu recours au seul prétexte qui lui soit venu à l'esprit pour l'inviter: qu'il vienne prendre un verre pour échanger leurs souvenirs de Grèce. Aussi était-il assis là, dans son salon, à lui parler de la Grèce. Comme la plupart des écrivains, il était incapable de bavarder de tout et de rien. Et comme la plupart des écrivains (y compris elle, probablement; elle avait toujours du mal à distinguer sa personnalité d'écrivaine de ses autres personnalités), il ne parlait pas comme il écrivait. À l'exception de quelques auteurs qui, visiblement, essayaient leurs phrases à haute voix (pratique plutôt assommante) et d'un autre qui énonçait des phrases complètes, la plupart de ses amis écrivains s'exprimaient de façon négligée, comme s'ils avaient peur de gaspiller quelque chose, une phrase, un concept qui pourrait s'avérer utile. Son élocution à lui n'était pas relâchée mais correcte, raide, un brin pédante. (Son style écrit était dense et rythmé. En réalité, elle devait le reconnaître, il écrivait rudement bien.) Elle remarqua aussi que s'il mentionnait des gens qu'il avait rencontrés au cours de ses voyages, aucun d'eux n'était devenu par la suite un de ses personnages. Que ce soit de la discrétion ou même de la réserve, elle en doutait, puisqu'il avait très franchement raconté dans plus d'une interview quelle était sa méthode de travail; sans doute se contentait-il d'effacer les gens de son esprit une fois qu'il les avait utilisés dans ses livres.

C'était un causeur soporifique. (Peut-être cela faisait-il partie de sa technique?) Son large visage banal et plutôt replet gardait une expression quasi immuable. Seuls ses yeux, si sombres qu'on distinguait à peine l'iris des pupilles et éclairés de particules lumineuses, étaient constamment, quoique paresseusement, en mouvement et fixaient tantôt les étagères au-dessus de sa tête, tantôt la reproduction du Matisse bleu à sa gauche. Elle avait fait le grand ménage avant son arrivée, rangé l'essentiel de son fouillis, traîné dans le bureau des piles de magazines et de journaux à dépouiller. Maintenant, elle se demandait si les lieux n'étaient pas trop nus. (Avait-il remarqué quelque chose? Était-ce le genre de chose dont il se saisirait?) Cette pensée la taraudait, l'empêchant d'écouter ce qu'il racontait – une histoire sur l'époque des colonels.

– Eh bien, à votre tour, dit-il brusquement. Puisque nous sommes censés échanger nos souvenirs de Grèce. Quand y avez-vous séjourné exactement?

– En 1965. Un an environ avant les colonels.

Il regardait quelque chose à côté d'elle maintenant – peut-être le reflet de son profil dans le verre du Matisse. Habituée à être celle qui observe et non celle qui est observée, elle sentit ses mouvements se crisper et ralentir.

– J'ai voyagé un peu dans le pays: Athènes, Delphes, la Crète, les classiques, quoi, puis j'ai vécu six mois à Mykonos. C'était hors-saison, alors j'ai pu louer un appartement: tout le rez-de-chaussée d'une des petites maisons blanches et carrées. À une rue du port, assez près pour que je ne me perde pas dans le labyrinthe. J'avais même une esclave: une fillette de douze ans qui venait, à la sortie de l'école, apporter de l'eau fraîchement puisée et balayer.

— Vous étiez toute seule?

Début des questions directes. Elle n'avait pas de plan précis: elle savait par expérience qu'organiser à l'avance ses mots et ses gestes ne marchait jamais. Mais le moment venu, quand elle l'aurait vu suffisamment à l'oeuvre, elle mentirait. Puis elle lui ferait tomber le ciel sur la tête.

— Oui, toute seule.

— Bizarre. (Il s'arrêta une fraction de seconde.) J'aurais cru que vous, vous auriez choisi une des îles moins courues.

L'accent mis sur le pronom, joint à un soupçon de mépris dans sa voix, lui montra où il voulait en venir.

— Je n'étais pas en vacances, je travaillais. Il y a des moments où on a envie d'être mis à l'épreuve, voire d'être secoué par l'étrangeté, et d'autres où on veut le strict minimum pour rester en éveil.

— Alors vous avez calculé quelle dose d'étrangeté il vous fallait et décidé que Mykonos convenait. Vous êtes toujours aussi précise?

Voilà, c'est ainsi qu'il procède. Il épingle chacun de leurs mots. Eh bien, il ne s'en tirera pas si facilement. Mais avant qu'elle puisse reprendre la parole, il dit:

— Vous n'aimez pas les questions.

— Si, mais les questions raisonnables. Pas le coupage de cheveux en quatre.

Elle s'attendait à ce qu'il pousse plus loin, qu'il réplique: «Vous mesurez aussi les questions?», ou quelque chose du même genre, qui aurait marqué une progression dans l'absurdité. Mais il sourit. Elle n'aurait pu dire si c'était un sourire de satisfaction.

— Eh bien, dites-m'en plus long. Racontez-moi Mykonos.

— Le vent. Les douzaines de petites chapelles bleues et blanches, toutes de formes différentes. Les moulins à vent. Le pélican apprivoisé qui trottait entre les tables des cafés du port.

— Vous n'avez rien écrit sur ces mois? Pas même utilisé le cadre? Il est vrai que vous avez écrit sur le vent. (Il marqua une pause. De nouveau, elle eut l'impression qu'il prenait mentalement des notes, peut-être sur la façon dont la lampe éclairait son visage, peut-être sur son expression.) C'est un passage très émouvant. Un de vos plus beaux.

Vous avez transposé à Arles, avec le mistral. Pourquoi s'attendait-elle à ce qu'il dise cela? Le vent était le même, méchant et obstiné, mais c'est à Mykonos que vous faisiez chaque jour ces trajets humiliants à la poste restante, guettant des lettres qui arrivaient si rarement et qui, quand elles arrivaient, vous causaient tant de honte et de colère. Quelle absurdité! Personne ne pouvait lire à ce point dans l'esprit d'un autre. *C'est simplement un coup de chance, un pur hasard si ses yeux ont balayé mon visage juste à ce moment-là. De toutes façons, j'ai un visage impavide. Mais supposons qu'il pense simplement savoir lire et qu'il parte de là.*

— Vous aurais-je vexée sans le vouloir? J'essayais simplement de converser, malgré un remarquable manque de coopération de votre part. Je pensais que, puisque nous sommes tous deux engagés dans la même profession peu lucrative mais obscurément gratifiante... Mais peut-être ai-je trop présumé.

Il la regardait par-dessus le bord de son verre. Il ne se permettait pas souvent un regard direct, mais, quand il le faisait, ses yeux étaient pénétrants.

— Peut-être ai-je trop présumé en croyant que nous pourrions être amis.

Eh bien, elle était en quelque sorte prise au piège. À moins de se montrer grossière, ou jalouse de son succès d'écrivain, plus grand que le sien, et Dieu sait les conclusions qu'il en tirerait (après tout, c'était bien elle qui l'avait invité), elle devait accepter son offre (ou du moins sa prétendue offre) d'amitié, qu'il aurait légitimement le droit de lui rappeler par la suite. Et elle devait se montrer irréprochable, à ses propres yeux comme aux siens. Mais il était habile: pas assez insolent pour être blessant, et avec une totale innocence dans l'expression et la voix.

— Au moins, gardez l'esprit ouvert. En retour, je vous promets de ne jamais exiger de réponses à mes questions. S'il y a quelque chose dans votre vie à Mykonos que vous préférez ne pas me dire, ou si c'est simplement que vous n'aimez pas ma façon de manifester mon intérêt...

Maintenant, il l'avait vraiment coincée. C'est du moins ce qu'il pensait. Il s'était raidi, imperceptiblement mais d'une manière indubitable. Dans d'autres circonstances, elle s'en serait sortie par une plaisanterie. *Allons, joue le jeu, montre-lui que ce n'est pas si facile.* Elle se mit à rire.

— Je suis très forte pour ne révéler que ce que je veux bien dire.

— Alors, changeons de sujet. Vous ai-je dit combien je vous admire en tant qu'écrivain? Si je ne l'ai pas fait, pardonnez-moi. Vous et Candace MacGregor, vous êtes nos deux plus grandes romancières, à mon humble avis, peut-être pas assez humble d'ailleurs.

Elle le remercia, quoiqu'elle n'ait eu aucune envie d'accepter ses compliments. (Est-ce que le lien avec Candace signifiait qu'il avait deviné ce qu'elle manigançait? Ou qu'il avait l'intention de les utiliser toutes les deux dans une histoire? Ou peut-être était-il simplement rustre. La plupart des gens les considéraient probablement toutes les deux comme des écrivaines plutôt mineures, Candace parce qu'elle était jeune, et elle-même parce qu'elle était peu productive.)

— C'est si agréable, disait-il, de pouvoir passer du temps avec d'autres écrivains. Cela m'a manqué pendant mes années de vagabondage; je m'aperçois seulement maintenant combien j'ai été privé. Oh ! mais excusez-moi. Je bois très peu, mais ce n'est pas une raison pour vous condamner à ces débris de glace fondue. Je peux vous resservir?

Elle se resservirait elle-même, répondit-elle.

Ainsi, une partie de sa technique consistait à la faire boire. Eh bien, cela ne lui faisait pas peur, pensa-t-elle, en jetant de la glace dans un verre qui contenait plus d'eau tonique que de gin. Il avait tracé son portrait (ou plutôt elle le lui avait tracé): quelqu'un qui détestait les questions personnelles et qui, ayant des mois à passer en Grèce, avait choisi de les gaspiller sur une île ennuyeuse truffée de touristes. C'était une image sinistre (et qui étonnerait la plupart de ses amis, du moins l'espérait-elle), mais impossible de s'en débarrasser. Quand elle avait eu l'idée de cette rencontre, elle s'était imaginée parlant et agissant selon sa vraie personnalité. Eh bien, il lui faudrait poursuivre à partir de ces nouvelles bases, lui laisser croire (si répugnante que soit cette idée) qu'il était en train de l'embobiner. Puis avoir l'air d'abandonner ses défenses.

Mais elle s'était versé (et avait bu) trois verres d'eau tonique presque pure, lui avait servi un second gin plus tassé (qu'il lui avait demandé de diluer, la mauviette !) et ils en étaient encore à des propos superficiels: leurs écrivains canadiens favoris et moins favoris. À quoi ils ressemblaient (puisqu'elle en connaissait beaucoup plus que lui). Elle répondait sans se mouiller. S'il guettait des signes d'animosité ou même de querelles, il en serait pour ses frais: cette rencontre la concernait seule, elle n'avait pas l'intention de mêler qui que ce soit d'autre à l'histoire. La difficulté de trouver un appartement à Toronto; la chance qu'elle avait de pouvoir s'offrir un endroit aussi agréable. Elle faillit lui dire qu'on l'aidait à payer le loyer, mais le temps de penser à quelqu'un d'assez scandaleux, il lui racontait déjà ce qu'il avait découvert depuis son retour: après avoir appris, non sans peine, à être un étranger, il trouvait tout aussi difficile d'apprendre à ne pas être un étranger...

— Je ne m'étais pas rendu compte à quel point il est facile de se mettre à vivre en surface, à observer sans vraiment s'engager...

Elle avait du mal à rester attentive. Peut-être que l'ennuyer faisait partie de sa technique. Assez, décida-t-elle. Plus qu'assez. À la première occasion qu'il lui donnerait, elle déclencherait elle-même les opérations.

— Et si on abordait des sujets un peu plus personnels? dit-il.

—Entendu. Je dois avouer que je n'étais pas entièrement...

— Et parlons un moment de votre travail d'écriture. Je trouve bizarre que vous n'écriviez pas sur les femmes passives, sur les femmes en tant que victimes.

— Pourquoi le ferais-je?

Elle essaya de le regarder sans ciller, mais il détourna les yeux. Il continuait à prendre des notes: une écrivaine solitaire (elle l'imaginait en train de couler l'information dans ses longues phrases méandreuses), enfermée dans sa chambre, une pièce nue et ordonnée, entourée de gravures peu nombreuses mais bien choisies, de masses de livres, commence à se révolter contre l'image d'elle qu'il a conçue. Elle a la voix rauque, mais elle fonce.

— Je ne me suis pas montrée tout à fait franche avec vous. Je n'étais pas seule à Mykonos. Pas tout le temps. Voyez-vous, j'étais allée là-bas pour...

— Je ne vous accusais de rien, dit-il en la regardant de nouveau. À mes yeux, vous faites partie des privilégiées. Une femme indépendante, ayant à son actif un succès raisonnable, du moins selon les critères de notre petit pays. Un succès mérité. Qui entretient toutes sortes de contacts intéressants et fructueux avec d'autres écrivains. Nous ne pouvons pas tous être des Candace MacGregor et nous précipiter, tout palpitants, sur la machine à écrire au sortir de l'expérience brute, en l'occurrence un divorce. Heureusement, nous n'avons pas besoin d'être ainsi. Nous pouvons laisser libre cours à notre pure perspicacité, à notre pure imagination.

— Comme substitut de l'expérience? C'est ce que vous voulez dire?

— Je dis simplement que, de toute évidence, vous avez trouvé une méthode de travail qui convient à votre tempérament et à votre style. (Il but une autre gorgée en la regardant par-dessus son verre.) Comme j'ai trouvé la mienne.

— Bon Dieu, je ne suis absolument pas comme vous. Je n'ai pas vagabondé dans la vie en touriste, en grappillant par-ci, par-là. J'ai quitté la maison à dix-huit ans. Ou plutôt la maison m'a quittée. Ma mère est morte et je ne m'entendais pas avec mon père. J'ai eu une vie de chien pendant des années. Mais il y a une chose que j'ai toujours eue. J'ai toujours eu un amant. Pas le même tout le temps, mais la plupart sont restés avec moi un bon nombre d'années. J'en ai un maintenant. Je...

Il était aux aguets, tendu, les yeux étincelant de ces étranges particules lumineuses.

— Commençons par celui qui m'a suivie à Mykonos, d'accord? Commençons par lui.

Elle allait exhumer un à un tous les détails qu'elle avait rassemblés dans sa tête: la femme mourante, la scène d'adieu près d'un des moulins à vent. Puis, au terme de cette accumulation, elle dirait: c'est un foutu mensonge, j'ai manigancé toute cette histoire. Vraiment, répliquerait-il? Tout? *Et je dirai...* (Mais ça ne marcherait pas, elle allait plutôt se mettre à rire, là, tout de suite, tourner la chose en plaisanterie.) Non, ça ne marcherait pas non plus. Peu importait ce qu'elle dirait ou ne dirait pas. Elle était prise à son propre piège. Elle ne pouvait rien dire maintenant qu'il ne pourrait utiliser. Même si elle gardait un silence absolu, il s'en servirait. C'était sûr. Avec tous les détails qu'il avait réunis (ou qu'elle lui avait fournis) depuis le tout début.

. . . That Good Night

In the shifting unsubstantial sleep that was all that ever came to her now clouds moved and were hesitant, moved again. Some of the clouds were human figures. Others, these the most persistent though the most fleeting, were memories. At first she'd been able to separate real from remembered shapes and would speak when appropriate to figures that had begun to seem always the same figure, all with almost the same intonation speaking the same words. But now past and present hazed. She must be careful, she knew, about naming names. She was being watched even more closely now, eyes were always pulling at her. Here came the eyes again. She tried to lie quite still, unbreathing almost, hoping to force the terrible body that had become hers to be quiescent, allowing her to remain in silence and solitude, so that the memories, those she wanted and must keep, could find their way to her and stay.

"Maura, are you –?" She must have – winced, was it?

"There are so many of you," she said to the cloudhead over her.

"And we're all here for you, Maura. So is there something, something I can do for you? I heard you cry out."

"I was dreaming probably." The face, round, young, might be familiar and might not be. "Do I know you?" So many people cutting away parts of their lives, giving those parts to her.

"I'm Veronica. I've been here ten times." Some reproach in the voice? So it's just pretence that they don't want gratitude.

"Before though? Did I know you before?"

"Not really," the girl said, then something about being a friend of – the name slid in and out of Maura's mind – that largish girl who'd had a small part, was it, in the Belknap play, sewed costumes, helped with props? "And I'm your friend now too, Maura." They must have coached her to keep repeating the name. So I won't forget who I am? Is that it? And not to say anything about any of the things that used to make me me. "So would you like me to –?"

"No," Maura said. "No, whatever it is." Poor little thing, she means well. They all mean well. But how in God's name am I to send her away? "I think I heard someone in the kitchen," she said. "Is that Geraldine by any chance?"

"No, it's Grace. But if you want Geraldine for something we can't do, I'll look up the schedule and see when she's due. Or if it's really important, I could call her."

"You probably wouldn't reach her, she's so busy," Maura said.

"Yes, isn't she?" The face was smiling now. "Whenever a theatre company is hard up or someone wants to put on an art show or an alternative film festival, she's right there raising the money. It's been so wonderful getting to know her personally, being able to join with her –" She seemed to catch what she was saying, pulled herself back. "You've known her for a long time, haven't you, Maura?"

"Since childhood. We were neighbours." Though not friends ever. She went to Whitney and Jarvis, I to Branksome Hall. I was a tomboy running loose in the ravine, she had music and dancing lessons. She married money, I didn't marry anyone. "We didn't go to each other's parties," she said. She'd told it all so many times, to people who seemed to think her knowing Geraldine in childhood was the most

20

important thing about her, how when she was left so abruptly alone, doubly alone although no one knew about the second loss that had so quickly followed the first, and found time not heavy, as empty time was said to be, but weightless, limp, Geraldine had been one of the people she'd thought might help her find a job, the only one, actually, who'd offered something, in the office of the small theatre company: "They pay badly but it's not money you need, dear, it will be good for you to know these wonderful young people." And it had been. She'd loved the scattered, rather raffish making that sometimes, only sometimes, came together and held. (And when it didn't, I was the consoler.) Then on that terrible day. . . . She closed her eyes. "Just put a note up somewhere," she said, "that even if I'm asleep she's to wake me."

"Is it very bad, Maura? It must be. You closed your eyes."

Certainly it's bad, Maura wanted to say, wanted to scream it. It's grabbing more and more of me now. It's intolerable. Instead she made her eyes open a little. "I'm just a bit tired. So if you'll let me –"

"Of course, dearest Maura." How quick they were, even the very young ones, to complete her words in their minds. "Try to sleep." She plucked at the sheet, ran her hand, (somewhat timorously, what kind of face have I now?) across Maura's cheek. "And if you want something, even the smallest, silliest, remember that Grace and I are in the kitchen, you just have to ring, Maura, and we'll –"

"I'll remember," Maura said. "And you'll remember to put it in the note: that she's to wake me even if I'm sleeping?"

"You looked so peaceful." That was Geraldine's excuse for looking in twice and failing to rouse her. "Maura, I've always envied you your looks. I have to admit it. I was jealous." Geraldine's own face was broad and fleshy, loose at the edges, a lopped moon. Always seen from below these days, looming, bearing down. "And it seems to me that as time's gone by you've become even more beautiful."

"Is that why there are always flowers blocking the mirror? So I won't be tempted to gloat over my own beauty?"

Geraldine chose to take that as a joke. "Always the same wry Maura." She smiled. (Geraldine had many ways of smiling. Maura was beginning to learn the ways. This one held gentleness, forbearance.) "Anyway I'm here now and you're awake. I've been thinking too that it was time we had another of our talks." Seated now beside the bed, she seemed to move closer as she spoke. Yet she *is* good. When I said on that terrible day "Don't leave me," she didn't leave me. And when I said I couldn't bear to think of the hospital, remembering the hours I spent with Father in that little circle of grief and horror, the two of us alone in it, she said at once that she'd arrange for me to stay in my own apartment. And did arrange it. "I've cleared the whole afternoon," she said now, "so we can talk as long as we like. One thing about knowing you better these last months, Maura, you've taught me not to clutter up my life with non-essentials."

I'd clutter mine up with anything if I had the option, Maura thought for a moment of saying (another Maura joke), but decided (looking up at Geraldine's downward-looking face, anticipating another of those smiles) to let it pass.

"You see, what I want to do – and if you could manage not to stare at me like that while I'm speaking." Geraldine obligingly withdrew. Maura gathered her thoughts. Be still, she told the body that seemed so much of the time both connected and completely unconnected with herself. Don't make me make one of those sounds. "It was pleasant while I was still up part of the day." And could be interested in other people's lives, was still able to think of myself as a living person learning. "All those old friends, new friends, friends and acquaintances of old friends and new friends, kids from the theatre, their friends and acquaintances –" Though even then, she thought, I sometimes longed for peace to mourn for myself. You all seemed to believe that dying, my dying, was perfectly natural, that I'd discuss it with you and we'd have some kind of experience together, I was never sure what kind or what was expected of me, whether I should be completely myself or completely changed. Well, I failed that bit. Whatever I should have said I didn't say. And now they talk only about making me comfortable. Which is freedom. In a sense. But it's not natural, it has nothing to do with anything I ever knew before, and brought, still brings, some new and hideous shock each day. "It may seem ungrateful," she said, "after the trouble you've all taken, especially you, Geraldine, who've organized the whole thing – but I do honestly think it's time for the hospital now."

"Ungrateful? Trouble? Maura, dear, all we want, all we've ever wanted, is to take whatever trouble is needed so you can stay at home as you – "

"But suppose I've changed my mind."

"Has anyone seemed unwilling? Has anyone at any time suggested –?"

"No, they're all wonderful." She mustn't wince. She must somehow cut through the bland blank semi-smile on Geraldine's face. "Sometimes I'd just like to think my own thoughts, Geraldine," she said.

"But you can, dear. That's the arrangement. We stay in the livingroom or the kitchen except when you need us. So if you feel that anyone's intruded –"

"No, no one." She tried to think of another tack. The twice-weekly V.O.N. nurses are quick and deft, they don't expect anything from me, they do what's needed, nothing more. While the rest of you– "It's all the fussing about," she said, "all the touching and patting."

Geraldine's smile was spreading slowly to take up more of her face. "That's one of the hardest things, isn't it, dear? Especially for someone as independent as you've been, Maura. To accept tenderness and caring."

Which I've never known, that smile means. Only daughter left after all her friends married to languish on at home. Caring for widowed father. Well, that was okay. I loved my father. And we weren't always two in that great house. Often we were three. And after Father had beaten us both at chess, I'd bring a final round of scotches and Father would go slowly up the stairs to his bed, leaving me to see his old friend out and lock up the house – the old army buddy I'd known since childhood and called Uncle Hugh as was the custom in those days, who'd loved and wanted me, he said, since I was sixteen but waited till I was twenty to take me finally to my astonishment and delight. We'd listen for silence, then somewhat less slowly climb those stairs and go down the hall to our bed. And not till years after he was dead did I wonder whether Father knew, perhaps just by noticing that I didn't always remember to say "Uncle" Hugh though I sometimes made a joke of using the word in bed, whether he was even glad about it but, darling stuffy wasp that he was, he hadn't any words that would let him speak of his gladness.

"We're all so fond of you, dear," Geraldine was saying. "It makes us feel so warm to do things for you or just be with you. We want you to learn to accept tenderness and touching, all the signs of caring. And you will, Maura dear. You will."

I didn't have to take lessons, I easily got used to it, Maura thought, our wanting dammed up by the long slow evenings with Father, then pouring out of us as we lay on our bed in my ruffly room. How wild and even noisy we used to be in that room that held all the stages of my life, so that I seemed to be gathering all of it up and giving it to him.

"If you say so," she said in what she hoped was the ironic tone she'd adopted? slipped into? invented? when she began to see by various signs, withholdings, quick awkward kindnesses, particular smiles, that people pitied her, excluded, spinster. First in self defence, then amused, smug even.

"Of course if we're not helping you –" Geraldine's doughy face was still smiling though her voice was grieved.

"Are you keeping a record of this? Will you go home and write: The subject today was a bit ungrateful and though she'd said originally that she dreaded the impersonality of the hospital, seemed to want, at least pretend to want, to go there now?"

Geraldine sucked in her breath. "As if I'd call you the subject! No, of course I'm not keeping a record."

Which may mean that she is, Maura thought. For what purpose? "Just remember that there's been at least one book about this sort of thing. A very moving book, I gather. I didn't read it. If I had, I might have a better idea of what's expected of me." Geraldine was silent. Startled? "Perhaps you're taping it all for broadcast," she said. "Is that a mike on your lapel?"

Geraldine put her hand to her brooch. "No, it's. . . . Ah, Maura, you're too quick for me. You should signal when you're about to start teasing."

"Fine. I will," Maura said. "And speaking of signals, don't you think it's time for one of my pills?"

Geraldine leaned over her, stroked her forehead. "So sweet of you to worry about causing us trouble when we *want* you to cause us trouble. But if there's something else bothering you and you won't tell me –"

Why couldn't you just say: I'm tired of being pushed/ pulled into something I don't understand or want and didn't choose, I'd just like to be allowed to die with my own thoughts and fears, my own remembering.

"No, there's nothing," she said.

"I hope you wouldn't insult me by trying to spare my feelings." Geraldine stroked her forehead again, then said she'd look up the schedule to see if it was time yet for a pill.

And now the things she'd wanted to have space and aloneness to remember began to come to her more steadily in sleep – if it was sleep, there were so many gradations of cloud and dimness now. Hugh came, scarcely changed at all, drifting about somewhere on the edges of the room, appearing not to see her or perhaps simply to be unaware of who she was. She didn't call him, just spoke to him softly when he looked her way, explaining that she was scarcely herself now but in a queer way more herself than she'd ever been, it was just the new terrible terrifying body that made it seem she wasn't. She often had doubts herself, found herself wondering who or what it was that was doing this to her, possessing and changing her to suit itself. But he could come closer if he liked, no one need know or would know because she'd be careful not to speak his name aloud.

Sleep (or what she believed was sleep) was her own. Waking to pain or out of pain, clutched by it or huddling round it, as if it were inside and outside at once, was an intrusion. The voices. Faces. Reiterations: "Isn't there something? Something I can do for you?" The words striking her from every side, striking each other.

"You could move that plant," she told one shadow-girl who'd come running in to her. "You could move it back again. You could smooth my pillow. You could rumple it up again. If it's hopping about you want, I'll keep you hopping."

"Dear Maura – always the sense of humour."

"You're nuts," Maura said. Pain seized her, flung her upwards in an arc (though she hadn't moved). "Hugh, tell her to go."

"See, she's done it again." So there were two of them in the room. "Who's she talking to, do you suppose?"

"Not you certainly." She reached for the hand that had wavered towards her. "Tell me who you are. Do I know you?"

"I'm Josette, Maura. Josette Orenstein."

"One of the understudies. I always liked you." When I still possessed ordinary things and could like or fail to like. "We used to talk about your little boy." Another thrust of pain that might, if she weren't careful, turn her inside out. "Tell me," she said. "Does he still have trouble with – he's dyslexic, isn't that what you –? Oh I can't do it." It was almost a shriek.

"Oh God, this is unbearable. I can't stand it." Tears were pouring down Josette's face.

Maura clung hard to her hand. "No, of course you can't. Josette, there is something and it's important. Phone Geraldine to come. Even if it's the middle of the night. Tell her to come."

The hand loosened and for a while there was no one, just herself and the pain and the voice that wanted to cry out. Then Geraldine was there, leaning over her, her face flattened, single eye huge, spilling.

"Is it worse? Can I do something for you, Maura?"

"I was reasonable the other time," Maura said. "Oh move back, for God's sake. I tried to spare you because I think you mean well. But do you know what you're doing? Or do you care? You're making me lose myself. Because where am I in all this? Where am *I*, damn you, Geraldine?"

"Why you're right here, Maura dear. In your own apartment where you –"

"Stop saying that." She bit hard against the pain. Go on, insult her, she thought. "Managing art shows and little theatres wasn't enough for you, was it? You wanted human material. It was damn good luck for you that I fell into your hands that day. If it *was* luck. Were you really on your way to the dentist's? Or had you found out about my appointment and arranged to be in the lobby, ready to meet me, to take over –"

"Oh Maura." Something had happened to Geraldine's face that Maura had never expected to see happen, it was coming apart, then putting itself together again. "The pain's bad, isn't it?" she said. "I know it's not you who's saying such terrible –"

"Damn you, it's not the pain speaking. And I mean every word of –" Pain grasped her in its fist, she screamed, writhed, screamed. There were all sorts of people running about but she was alone. The pain and she were alone.

"Dr. Merton's given you a new kind of shot." Geraldine was bending over her again, hands pressing her shoulders. "You'll be more collected now."

I'm not sure I want to be, Maura thought. She'd been shrieking for hours, she knew, not sure which was herself and which was the shrieking, struggling first with Geraldine, then with someone she hadn't known was Dr. Merton, all furious grief for herself and the loss of herself. Am I not to be permitted even that, my rage and mourning dulled? It's my body that's destroying me, my own self that my body is ripping out of me.

"Call him to come back," she said. "Dr. Merton. Tell him I'm ready to go to the hospital now."

"But you're fine here with us. He's delighted with the way we're looking after you." Geraldine's voice had sunk down into its sweetness. And there was a new flatness about it. So it won't be very much longer. He's told her that. And she's frightened. But stalwart. She'll come out of this well. Will I? Because it was a shock. We never fully accept, she thought, and for a moment was interested in this, the trick that part of her had played on all the other parts. "There'll be a nurse with you at night now," Geraldine was saying, "and I'll be here in the daytime. Josette sends you her love, by the way. I told her not to come back. She frightened you, didn't she?"

"No. I frightened her." There'd been more she'd wanted to say about the tears streaming down Josette's face: that too much was being asked of these well-intentioned young women. But it was all so far away now. Josette had been human. She'd wept. It was no longer important.

"Who is it you keep calling, Maura?" Geraldine's voice, still flat, was stronger now. "Is it someone you'd like to have with you? Tell me and I'll phone him for you."

Say he's dead. But then she'll have everything. My body is to be hers from now on. It seems there's no way to prevent that. She's to preside over my death and make of it what she chooses or needs to make of it. But my remembering must remain mine.

"It's no one, I was raving," she said.

Geraldine shook her head. It was true that the new drug was calming. A little. The pain still bit but softly. And she could see Geraldine's face more clearly than she'd seen it for weeks, especially the very wide open, sharply focused, pale blue eyes.

"It's someone called Hugh, isn't it?" she said. "You used that name for Dr. Merton. You don't remember? I think he's important to you, Maura. I know you, dear, in some ways better than I've ever known anyone. That's how I knew it wasn't really you saying those terrible things. I feel

28

guilty sometimes that this closeness should have come about through your suffering."

"I'd say you were bearing up quite well," Maura said.

"Ah Maura." The fool. She has no sense of humour, Maura thought. "You can't give in, can you, dear? You can't admit how much you've given us by letting us help you in small ways, how much we love you for it. And for yourself too, of course. You still have to make jokes about it."

"As you say." Let her have that much, she thought, since it means so much to her though I'll never know why, what need it is in her that this fulfils (but might know if my body would let go of my mind so it could think for itself). I can listen to her now, I think I have strength enough for that. But while this calmness lasts, and God knows there may not be much more of it, I must say what has to be said. After that I can submit. Let it have me. She gathered her thoughts, counted slowly one two three, shaping and seeing the numbers, keeping them firm.

"About that name I was calling, it's not anyone, Geraldine. You see –" Another bite of pain. Pause. Breathe. "I found life a bit empty, obliged to stay on at home. Well, maybe I wasn't obliged but I stayed. And I was shy. You must remember what a queer tomboyish little creature I was. No man ever came. Or could come, I suppose." There it was again. So breathe. Shape the numbers three four five. Now sound timid, a little ashamed. But ironic. Irony, remember, is one of my things. "So I did something you're going to find very childish. Pathetic too. I invented a man. Who loved me very much. I called him Hugh."

"Oh Maura!"

"I got over that rubbish years ago. Thought I had." Am I doing it? Do I sound like myself? "And now when you're all being so kind and I should be making a good impression – on myself too, this is an important time for me, wouldn't you agree? – that silly fantasy of my youth comes sneaking back. Do you despise me, Geraldine?" Am I spoiling your whole notion of a courageous dying woman? But of course you couldn't say that.

"Despise you? Ah Maura!" She began to pat your face. Well, I can pull myself (real self) away. "We all need our fantasies, dear. And knowing you're not just strong, laughing Maura, so much more detached then all the rest of us, just makes you dearer."

"Not so much to be envied, is that it?"

"Maura, at such a time that you should remind me of some silly thing I once — But I know what a jokester you are, I forgive you, dear." The smile, forbearing, infinitely comprehending, was back, a little insecure at first, then radiant. "Thanks for giving me this part of you," she said. "Thank you, Maura."

"Something to add to your records, eh? The ultimate admission." No, leave all that. You won't win. There's something here you'll never get through. And it's no longer important. Well, yes, damn it, it is. But less so now that I'll have what I can have and Hugh is safe. "Well, we've had our talk," she said, "and it's tired me. I think I could sleep now."

"Of course, dearest Maura."

I must realize it fully, Maura thought. Because it's all I have. Not only that, I'm all it has. I don't want to leave it to wander about, twisted and unrecognized, among strangers. I must pull it around me, just as it was. So that when I go, it goes. While Geraldine and the others listen and smile. Well, let them all smile as much as they like.

... Où est ta victoire?

Traduction de Robert Paquin

Au milieu du sommeil agité et peu reposant qui était dorénavant le sien, des nuages bougeaient, hésitaient, bougeaient encore. Certains de ces nuages avaient une figure humaine. D'autres, les plus persistants bien que les plus éphémères, n'étaient que des souvenirs. En premier, elle avait été capable de faire la différence entre les formes véritables et les réminiscences, et elle avait su quand s'adresser à ces figures qui avaient tendance à toutes se ressembler et à toutes employer à peu près les mêmes inflexions pour prononcer les mêmes paroles. Le passé et le présent commençaient cependant à se confondre. Elle se rendait compte qu'il lui fallait maintenant se concentrer avant d'attribuer un nom à une figure. On l'observait encore plus attentivement maintenant; il y avait toujours des yeux qui la scrutaient. *Voici les yeux qui reviennent.* Elle cherchait à rester le plus immobile possible, retenant presque son souffle, dans l'espoir de forcer cette terrible chair qu'était devenu son corps à se tenir tranquille, pour lui permettre de demeurer dans le silence et la solitude, afin que les souvenirs, ceux qu'elle désirait et devait garder, puissent se frayer un chemin jusqu'à elle pour y demeurer.

— Maura, es-tu...? (Elle s'était sans doute... crispée?)

— Vous êtes tellement nombreuses, dit-elle à la tête-nuage au-dessus d'elle.

— Oui, et nous sommes toutes ici pour toi, Maura. Alors, puis-je faire quelque chose pour toi, n'importe quoi? Je t'ai entendue appeler.

— Je rêvais probablement.

Ce visage rond et jeune lui était peut-être familier, peut-être pas.

— Est-ce que je te connais? Il y avait tellement de gens qui découpaient une portion de leur vie pour la lui donner.

— Je suis Veronica. Ça fait dix fois que je viens ici.

Un rien de reproche dans la voix? Ainsi, leur prétendu désintéressement n'est qu'un faux-semblant.

— Oui, mais avant? Est-ce que je te connaissais avant?

— Pas vraiment, dit la jeune fille.

Puis elle raconte qu'elle était une amie de... (le nom glisse dans l'esprit de Maura et en ressort aussitôt) cette fille grassouillette qui tenait un petit rôle dans..., voyons, dans la pièce de Belknap, à moins qu'elle n'ait travaillé aux costumes, ou aux décors?

— Et je suis moi aussi ton amie maintenant, Maura.

Elles ont dû lui recommander de toujours répéter mon nom. Pour que je n'oublie pas qui je suis? C'est ça? Et de ne pas parler des choses qui font que je suis ce que je suis.

— Alors, aimerais-tu que je...?

— Non, dit Maura. Non, rien. *Pauvre petite, elle a de bonnes intentions. Elles ont toutes de bonnes intentions. Mais, grand Dieu, comment vais-je faire pour l'éloigner?* Je pense que j'ai entendu quelqu'un dans la cuisine. Ce ne serait pas Geraldine par hasard?

— Non, c'est Grace. Mais si tu as besoin de Geraldine pour quelque chose que nous ne pouvons pas faire, je vais consulter l'horaire pour voir à quelle heure elle doit être là. Ou alors, si c'est vraiment important, je peux lui téléphoner.

— Tu ne la joindrais probablement pas, elle est tellement occupée, dit Maura.

— Oui, en effet. (Le visage sourit maintenant.) Dès qu'une troupe de théâtre est en difficulté ou si quelqu'un veut monter un spectacle ou un festival de cinéma parallèle, elle est toujours prête à organiser des levées de fonds. C'est tellement extraordinaire pour moi d'avoir eu l'occasion de la connaître personnellement, de pouvoir collaborer avec elle à... (Elle semble soudain se rendre compte de ce qu'elle est en train de dire et s'arrête.) Tu la connais depuis longtemps, toi, Maura, n'est-ce pas?

— Depuis notre enfance. On était voisines. *Bien que nous n'eussions jamais été amies. Elle, elle est allée à Whitney et à Jarvis, et moi, à Branksome Hall. J'étais du genre garçon manqué, qui court un peu partout dans le ravin, alors qu'elle, elle apprenait la musique et la danse. Elle, elle a fait un mariage d'argent, alors que moi, je ne me suis pas mariée du tout.* On ne jouait pas ensemble, dit-elle.

Elle avait expliqué cela maintes et maintes fois, à des gens qui semblaient la trouver intéressante seulement parce qu'elle avait connu Geraldine quand elle était jeune. Effectivement, lorsqu'elle s'était retrouvée si soudainement isolée, doublement isolée même si personne n'était au courant de cette deuxième perte qui avait si rapidement suivi la première, et que, contrairement à ce qu'on dit généralement de ces moments de désolation, elle avait trouvé le temps non pas lourd mais sans poids, inerte, Geraldine avait été une des personnes auxquelles elle avait alors pensé demander de l'aide pour se trouver du travail; elle avait même été la seule à lui offrir quelque chose, dans le bureau d'une petite troupe de théâtre: « C'est très mal payé, mais tu ne fais pas ça pour l'argent, ma chérie. Ça va être bon pour toi de connaître ces jeunes gens fantastiques.» Et cela avait été bon. Elle avait adoré cet assemblage précaire et plutôt débridé qui parfois, seulement parfois, arrivait à former un tout homogène. *Et quand cela ne marchait pas, j'étais là pour les consoler.* Puis, était venue cette terrible journée... Elle ferma les yeux.

— Mets une note quelque part pour lui dire de me réveiller même si je dors, demanda-t-elle.

— Est-ce que ça fait très mal, Maura? Ça doit. Tu as fermé les yeux.

Maura aurait voulu crier: *Bien sûr que ça fait mal. Ça me prend de plus en plus de moi maintenant. C'est intolérable.* Au lieu de cela, elle s'efforça d'entrouvrir les yeux.

— Je suis seulement un peu fatiguée. Alors, si tu voulais me laisser...

— Bien sûr, très chère Maura.

Comme elles s'empressaient, même les plus jeunes, de compléter ses phrases dans leur tête!

— Essaie de dormir.

Elle tira sur le drap et, un peu timidement, *quel genre de visage ai-je à présent?,* passa une main sur la joue de Maura.

— Et si tu veux quelque chose, la moindre peccadille, rappelle-toi que Grace et moi, nous sommes dans la cuisine, tu n'as qu'à sonner, Maura, et nous allons...

— Je vais m'en souvenir, dit Maura. Et toi, tu n'oublieras pas de mettre dans ta note qu'elle doit me réveiller même si je dors?

— Tu avais l'air si paisible. (C'était l'excuse de Geraldine pour être venue jeter un coup d'oeil deux fois en omettant de la réveiller.) J'ai toujours envié ta beauté, Maura. Il faut que je l'admette. J'étais jalouse.

Geraldine, elle, avait un visage large et bouffi, au contour flasque, comme une lune asymétrique. Un visage que, ces jours-ci, Maura voyait toujours d'en dessous, et menaçant, comme s'il fondait sur elle.

— Et il me semble qu'avec le temps tu es devenue encore plus belle.

— C'est pour ça qu'il y a toujours des fleurs qui cachent le miroir?

Geraldine décida de prendre cela à la blague.

— Tu es toujours la même Maura sarcastique.

Elle sourit. (Geraldine avait plusieurs façons de sourire. Maura commençait à les connaître. Ce sourire-ci comportait de la gentillesse, de la patience.)

— En tout cas, je suis là à présent et tu es réveillée. Je me disais aussi qu'il était temps que nous ayons une autre de nos conversations. (Elle était maintenant assise à côté du lit et semblait se rapprocher au fur et à mesure qu'elle parlait.) *Pourtant, oui, elle est bonne. Quand je lui ai dit: « Ne m'abandonne pas », en ce jour terrible, elle ne m'a pas abandonnée. Et quand je lui ai dit que je ne pouvais pas supporter l'idée de l'hôpital, parce que je me souvenais des heures passées avec papa, seuls tous les deux dans ce petit cercle de chagrin et d'horreur, elle m'a aussitôt assuré qu'elle s'arrangerait pour que je puisse demeurer dans mon propre appartement. Et c'est ce qu'elle a fait.* J'ai libéré tout mon après-midi, disait-elle maintenant, pour que nous ayons le loisir de parler aussi longtemps que nous voudrons. Une des choses que j'ai apprises de toi au cours des derniers mois, Maura, c'est de ne pas encombrer ma vie de ce qui n'est pas essentiel.

J'encombrerais bien la mienne de n'importe quoi si j'avais le choix, pensa Maura et elle songea même un instant à le dire à haute voix (une autre blague à la Maura), sauf que, levant les yeux vers le visage de Geraldine penché vers elle et prévoyant un autre de ces sourires, elle décida de laisser tomber.

— Tu vois, ce que je veux faire... pourrais-tu t'arranger pour ne pas me dévisager comme ça quand je parle.

Geraldine recula obligeamment. Maura rassembla ses pensées. *Tiens-toi tranquille,* dit-elle à ce corps qui lui semblait si souvent à la fois attaché à elle et complètement détaché d'elle. *Ne me force pas à faire un de ces bruits.* C'était agréable tant que je passais encore une partie de la journée debout. *Et que je pouvais m'intéresser à la vie des autres, que j'étais encore capable de me voir moi-même comme une personne vivante qui apprend.* Toutes ces vieilles et ces nouvelles amies, les amies des amies et les connaissances des connaissances, les jeunes du théâtre, leurs amies et leurs connaissances à elles... *Bien que, même à cette époque, j'aie parfois eu envie d'être seule pour faire mon deuil de moi-même. Vous aviez toutes l'air de croire que la mort, ma mort, était parfaitement naturelle, que j'en discuterais avec vous et que nous vivrions cela comme une sorte d'expérience commune, je ne savais jamais trop ce qu'on voulait que je sois ni ce qu'on attendait de moi, si je devais être tout à fait moi-même ou tout à une fait autre. Tant pis! J'ai échoué sur ce point. Peu importe ce que j'aurais dû dire, je ne l'ai pas dit. Et maintenant, la seule chose qui les préoccupe, c'est que je me sente bien. Ce qui est une délivrance. Dans un sens. Sauf que ce n'est pas naturel, cela n'a rien à voir avec tout ce que je savais avant et qui me causait chaque jour, me cause encore, un nouveau choc, affreux.* Ça peut sembler ingrat, continua-t-elle, après toute la peine que vous vous êtes donnée, surtout toi qui as tout organisé, Geraldine, mais je pense sérieusement qu'il est temps pour moi d'aller à l'hôpital à présent.

— Comment ça, ingrat? Quelle peine? Maura, ma chérie, tout ce que nous voulons, tout ce que nous avons jamais voulu, c'est de nous donner toute la peine qu'il faut pour que tu puisses rester chez toi comme tu...

— Mais supposons que j'aie changé d'idée?

— Est-ce qu'il y a quelqu'un qui t'a paru agir à contre coeur? Quelqu'un a-t-il laissé entendre...?

— Non, elles sont toutes merveilleuses.

Il ne faut pas qu'elle se crispe. Elle doit réussir, d'une façon ou d'une autre, à pénétrer ce demi-sourire mielleux et vide sur le visage de Geraldine.

— J'aimerais bien qu'on me laisse parfois avec mes propres pensées, Geraldine, dit-elle.

— Mais c'est ce que nous faisons, ma chérie. C'est comme ça que c'est arrangé. Nous restons toutes dans le salon ou dans la cuisine, sauf quand tu as besoin de nous. Alors, s'il y a quelqu'un qui t'a dérangée...

— Non, ce n'est pas ça.

Elle essaya de penser à une autre tactique. *Les infirmières visiteuses de l'Ordre de Victoria sont rapides et adroites, elles; elles ne me demandent rien, elles font ce qu'il y a à faire, rien de plus. Tandis que vous...*

— C'est tout l'énervement, dit-elle, tout ce tripatouillage et ces tapotements.

Le sourire de Geraldine gagnait progressivement tout son visage.

— C'est ça qui est le plus difficile, n'est-ce pas, ma chérie? Surtout pour une personne aussi indépendante que toi, Maura. D'accepter la tendresse et la compassion.

... que moi, je n'ai jamais connues, implique le sourire. Fille unique qui, après que toutes ses amies se furent mariées, est restée à languir à la maison. À prendre soin de son père veuf. Au fond, cela faisait mon affaire. J'aimais bien mon père. Et puis nous n'étions pas toujours que deux dans cette grande maison. Souvent nous étions trois. Et une fois que papa nous avait battus tous les deux aux échecs, je lui servais une dernière rasade de scotch et il montait lentement l'escalier pour aller se coucher, me laissant le soin de raccompagner son vieil ami jusqu'à la porte et de fermer à clef — ce vieux copain de l'armée que je connaissais depuis l'enfance et que j'appelais mon oncle Hugh, comme c'était l'usage à cette époque, qui m'aimait et me désirait depuis que j'avais seize ans, avait-il dit, mais qui avait attendu que j'en eusse vingt pour finalement me prendre, à mon grand étonnement et à ma grande joie. Nous écoutions le silence, puis, un peu moins lentement, nous remontions ce même escalier et nous allions au bout du couloir, dans notre lit. Et ce n'est que plusieurs années après sa mort que je me suis demandé si papa s'en était rendu compte, peut-être simplement en remarquant que j'oubliais parfois de l'appeler — mon oncle Hugh, bien qu'il m'arrivât d'employer cette expression au lit, pour rire; peut-être en était-il même heureux, mais le protestantisme vieux jeu de ce cher homme le privait de mots pour exprimer sa joie.

— Nous avons toutes tellement d'affection pour toi, ma chérie, disait Geraldine. Ça nous réchauffe tellement le coeur de faire des choses pour toi ou simplement d'être avec toi. Nous voudrions que tu apprennes à accepter la tendresse, les caresses et tous les signes d'attachement. Mais ça va venir, chère Maura. Ça va venir.

Je n'ai pas eu besoin de suivre des leçons pour apprendre cela, je m'y suis habituée facilement. Après avoir été contenu par les longues soirées lentes avec papa, notre

désir se déversait à flots sur notre lit, dans ma chambre
garnie de dentelles. Comme nous étions impétueux et même
bruyants dans cette chambre qui avait connu toutes les
phases de ma vie! On aurait dit que je fusionnais toutes ces
phases ensemble pour les lui offrir.

— Si tu le dis, fit-elle avec ce qu'elle espérait être ce
ton ironique qu'elle avait adopté? inventé? ou dans lequel
elle s'était casée? lorsqu'elle avait commencé à percevoir, à
divers signes, comme les attitudes réservées, les bontés
rapides et maladroites, les sourires particuliers, que les gens
la prenaient en pitié, elle, l'exclue, la vieille fille. D'abord
pour se défendre, puis par amusement et même par
satisfaction.

— Bien entendu, si notre aide t'est inutile... Le visage
terreux de Geraldine souriait encore, même si sa voix était
blessée.

— Est-ce que tu notes tout ça dans ton journal? En
arrivant chez toi, vas-tu écrire: "Aujourd'hui, la patiente
était un peu ingrate et, même si elle avait d'abord dit qu'elle
redoutait le caractère impersonnel de l'hôpital, elle semblait
vouloir, ou du moins faire semblant de vouloir, y aller
maintenant"?

Geraldine prit une grande inspiration.

— Jamais je ne t'appellerais la patiente! Non, bien sûr
que non, je ne tiens pas de journal.

Ce qui signifie peut-être qu'elle en tient un, pensa
Maura. Dans quel but?

— Par contre, souviens-toi qu'il y a déjà eu au moins
un livre sur ce genre de choses. Un livre très émouvant, à ce
qu'on dit. Je ne l'ai pas lu. Si je l'avais lu, j'aurais peut-être
une meilleure idée de ce qu'on attend de moi. (Geraldine
gardait le silence. Déconcertée?) Tu es peut-être en train
d'enregistrer tout ça pour le diffuser, ajouta Maura. C'est un
micro, ça, sur le revers de ton costume?

Geraldine porta la main à sa broche.

— Non, c'est... Ah! Maura, tu es trop vite pour moi. Tu
devrais avertir quand tu t'apprêtes à taquiner.

— Parfait! C'est ce que je vais faire, dit Maura. Et, à propos d'avertissement, tu ne penses pas que ce serait l'heure de mes pilules?

Geraldine se pencha au-dessus d'elle et lui caressa le front.

— C'est tellement gentil de ta part de craindre de nous causer des ennuis, alors que justement nous voulons que tu nous causes des ennuis. Mais s'il y a quelque chose d'autre qui te dérange et si tu ne veux pas m'en parler...

Pourquoi ne pouvais-tu pas tout simplement lui dire: je suis fatiguée de me faire pousser ou entraîner dans quelque chose que je ne comprends pas ou que je ne veux pas et que je n'ai pas choisi, je voudrais seulement qu'on me laisse mourir avec mes propres pensées, mes propres peurs et mes propres souvenirs.

— Non, il n'y a rien, dit-elle.

— J'espère que tu ne me ferais pas l'insulte de chercher à me ménager.

Geraldine lui caressa le front de nouveau, puis elle annonça qu'elle allait consulter l'horaire pour voir s'il était déjà l'heure d'une pilule.

À présent, les souvenirs pour lesquels elle avait voulu avoir de l'espace et de la solitude commençaient à lui revenir plus régulièrement dans le sommeil — si c'était du sommeil, car il y avait tellement de degrés dans le vague et l'imprécis maintenant. Hugh arrivait, à peine changé, flottant quelque part aux limites de la chambre et paraissant ne pas la voir ou peut-être simplement ne pas savoir qui elle était. Elle ne l'appelait pas et se contentait de lui parler doucement lorsqu'il regardait dans sa direction, elle lui expliquait qu'elle n'était plus guère elle-même maintenant, bien que, étrangement, davantage elle-même qu'elle ne l'avait jamais été, c'était seulement à cause de ce nouveau corps terrible et terrifiant qu'elle paraissait autre. Elle avait souvent des doutes elle-même et se surprenait à se demander quelle était cette personne ou cette chose qui lui faisait l'effet de la posséder et de la transformer à son gré. Pourtant il pouvait s'approcher s'il le voulait, personne n'avait besoin de savoir, personne ne saurait, car elle prendrait soin de ne pas prononcer son nom à haute voix.

Le sommeil (ou ce qu'elle croyait être le sommeil) lui appartenait en propre. Se réveiller à la douleur ou à son absence, être agrippée par la douleur ou se blottir contre elle comme si elle était à la fois intérieure et extérieure, tout cela était une intrusion. Les voix. Les visages. Les répétitions: « Puis-je faire quelque chose pour toi, n'importe quoi? » Les mots la frappaient de tous côtés et se frappaient entre eux.

— Tu pourrais déplacer cette plante, dit-elle à l'ombre-fille qui venait d'entrer à la course. Tu pourrais la replacer où elle était. Tu pourrais lisser mon oreiller. Tu pourrais l'écraser de nouveau. Si ce que tu veux, c'est courir un peu partout, je vais te faire courir.

— Chère Maura, toujours le sens de l'humour.

— Tu es cinglée, dit Maura.

La douleur la saisit et la fit s'arquer violemment (bien qu'elle n'eût pas bougé). «Hugh, dis-lui de s'en aller. »

— Tu vois, elle recommence. *Elles étaient donc deux dans la chambre.* À qui parle-t-elle, d'après toi?

— Certainement pas à toi.

Elle étendit le bras dans la direction de la main qui avait flotté vers elle.

— Dis-moi qui tu es. Est-ce que je te connais?

— Je m'appelle Josette, Maura. Josette Orenstein.

—Une des doublures. Je t'ai toujours trouvée sympathique. *Quand je possédais encore des choses ordinaires et que je pouvais encore trouver quelque chose de mon goût ou ne pas le trouver de mon goût.* Nous parlions souvent de ton petit garçon. (Une autre pointe de douleur qui risquait, si elle n'était pas prudente, de la mettre sens dessus dessous) Dis-moi, demanda-t-elle, est-ce qu'il a encore de la difficulté à... il est dyslexique, n'est-ce pas ce que tu...? Oh, je ne peux pas...

C'était presque un cri.

— Oh! mon Dieu, c'est insupportable. Je ne suis plus capable, dit Josette, les yeux pleins de larmes.

Maura lui serrait la main de toutes ses forces.

— Non, bien sûr, tu n'es plus capable. Il y a une chose pourtant, Josette, et c'est important. Téléphone à Geraldine et dis-lui de venir. Même si on est en pleine nuit. Dis-lui de venir.

Sa main se desserra et, pendant un moment, il n'y eut plus personne, seulement elle-même et la souffrance et la voix qui voulait crier. Puis, Geraldine était là, penchée au-dessus d'elle, avec son visage aplati, comme un oeil unique qui se répandait.

— C'est pire? Je peux faire quelque chose pour toi, Maura?

— J'étais raisonnable l'autre fois, dit Maura. Ah! recule, pour l'amour de Dieu! J'essayais de te ménager parce que je pense que tes intentions sont bonnes, mais sais-tu ce que tu es en train de faire? Veux-tu le savoir? À cause de toi, je suis en train de me perdre. Où est-ce que je suis dans tout ça? Où est-ce que je suis, moi, Geraldine de malheur?

— Voyons, tu es ici, Maura chérie. Dans ton propre appartement où tu...

— Arrête de dire ça.

Elle se mordit les lèvres de douleur. *Vas-y, insulte-la,* se dit-elle.

— Tu n'en avais pas assez d'organiser des expositions et d'administrer des petites troupes de théâtre, hein? Il te fallait du matériel humain. Tu as eu une sacrée chance que je te sois tombée dans les mains ce jour-là. Si c'était effectivement de la chance. T'en allais-tu vraiment chez le dentiste? Ou avais-tu appris que j'avais un rendez-vous et t'étais-tu arrangée pour te trouver dans la salle d'attente, prête à me rencontrer et à me prendre en charge?

— Ah! Maura.

Il se passait dans le visage de Geraldine quelque chose que Maura n'avait jamais pensé y voir: il se décomposait, puis se recomposait.

— La douleur est intense, pas vrai? dit-elle. Je sais que ce n'est pas toi qui dis ces atrocités...

— Que le diable t'emporte, ce n'est pas la douleur qui me fait parler ainsi. Et je pense tout ce que j'ai...

La douleur l'empoigna, elle cria, se tordit, hurla. Il y avait un tas de gens qui couraient partout, mais elle était seule. Elle était seule avec la douleur.

— Le docteur Merton t'a donné un nouveau médicament. (Geraldine était de nouveau penchée au-dessus d'elle, les mains posées sur ses épaules.) Tu vas être plus paisible maintenant.

Je ne suis pas certaine de vouloir l'être, pensa Maura. Elle savait qu'elle avait passé des heures à pousser des cris et à se disputer, d'abord avec Geraldine, puis avec le docteur Merton qu'elle n'avait pas reconnu, furieuse de chagrin pour elle-même et pour la perte d'elle-même. *Va-t-on même m'interdire cela en engourdissant ma rage et mon deuil? C'est mon corps qui me détruit, c'est mon propre être que mon corps est en train de m'arracher.*

— Appelle-le, le docteur Merton, et dis-lui de revenir, ordonna-t-elle. Dis-lui que je suis prête à aller à l'hôpital maintenant.

— Mais tu es bien ici, avec nous. Il est enchanté de la façon dont nous te soignons.

La voix de Geraldine avait sombré dans la gentillesse. Son ton avait cependant un rien de catégorique. *C'est donc que ce ne sera plus très long. Il lui a annoncé cela. Et elle est effrayée. Mais résolue. Elle va bien s'en tirer. Et moi? Au fond, c'était un choc. On n'accepte jamais complètement,* se dit-elle et, pendant un moment, elle s'intéressa à cela, à ce tour qu'une partie d'elle-même avait joué à toutes les autres parties.

— Il va y avoir une infirmière avec toi toute la nuit maintenant, lui apprenait Geraldine, et je vais être là durant le jour. En passant, Josette t'envoie ses amitiés. Je lui ai dit de ne pas revenir. Elle te faisait peur, hein?

— Non. C'est moi qui lui faisais peur.

Elle aurait voulu parler encore des larmes qui ruisselaient sur le visage de Josette, dire qu'on en demandait trop à ces jeunes femmes bien intentionnées. Mais tout cela était tellement loin maintenant. Josette avait été humaine. Elle avait pleuré. Cela n'avait plus d'importance.

— Qui est-ce que tu appelles toujours comme ça, Maura? (La voix ordinairement monotone de Geraldine était maintenant plus forte.) Est-ce quelqu'un que tu aimerais avoir auprès de toi? Dis-moi qui est cet homme et je vais lui téléphoner pour toi.

Dis-lui qu'il est mort. Mais, alors, elle va tout avoir. Mon corps va lui appartenir. Il semble qu'il n'y ait aucun moyen d'empêcher cela. C'est elle qui va orchestrer ma mort et en faire ce qu'elle veut ou ce qu'il lui faut. Mes souvenirs, par contre, doivent me rester, à moi.

— C'est personne, je déparlais, dit-elle.

Geraldine secoua la tête. C'était vrai que le nouveau médicament était apaisant. Un peu. Elle sentait encore la morsure de la douleur, mais faiblement. Et elle voyait la figure de Geraldine plus clairement que depuis quelques semaines, surtout ses grands yeux bleu pâle, qui fixaient attentivement.

— C'est quelqu'un qui s'appelle Hugh, non? insista-t-elle. Tu as appelé le docteur Merton de ce nom-là. Tu ne te souviens pas? Je pense que c'est quelqu'un d'important pour toi, Maura. Dans un sens, je te connais mieux que toutes les personnes que j'ai connues jusqu'ici, ma chérie. C'est pour ça que je savais que ce n'était pas vraiment toi qui disais ces choses atroces. Je me sens coupable parfois que notre rapprochement soit dû à ta souffrance.

— Tu m'as l'air de bien prendre ça, dit Maura.

— Ah! Maura.

Quelle idiote! Elle n'a aucun sens de l'humour, pensa Maura.

— Tu n'abandonnes jamais, hein, ma chérie? Tu ne veux pas admettre tout ce que tu nous as donné en nous permettant de t'aider, et combien nous t'aimons pour ça. Pour ce que tu es aussi, bien sûr. Il faut encore que tu tournes ça à la blague.

— Comme tu dis.

Laissons-lui cela, se dit-elle. *Je ne saurai jamais à quel besoin en elle tout cela répond (mais je pourrais le savoir si mon corps relâchait mon esprit et le laissait penser par lui-même). Je suis capable de l'écouter à présent, je crois que j'ai assez de force pour cela. Mais tandis que ce calme dure, et Dieu sait combien de temps il va durer, il faut que je dise ce qui doit être dit. Ensuite, je pourrai me soumettre. Me laisser prendre par le mal.* Elle rassembla ses pensées, compta lentement *un, deux, trois,* en visualisant les chiffres et en se concentrant sur eux.

— Tu sais, ce nom que j'appelais, ce n'est pas vrai que c'est personne, Geraldine. Tu vois... *Une autre morsure de douleur. Fais une pause. Respire.* Je trouvais la vie un peu vide, puisque j'étais obligée de rester à la maison. Enfin, je n'étais peut-être pas obligée, mais je suis restée. Et puis, j'étais timide. Tu dois te rappeler que j'étais une espèce de garçon manqué. Il ne venait jamais d'homme. Ou, plutôt, il ne pouvait pas en venir, je suppose. *Cela recommence. Alors, respire. Visualise les chiffres trois, quatre, cinq. À présent, prends un ton timide, un peux honteux. Mais ironique. N'oublie pas que l'ironie, c'est une de tes caractéristiques.* Alors j'ai fait quelque chose que tu vas trouver très puéril. Pitoyable même. J'ai inventé un homme. Un homme qui m'adorait. Je l'ai appelé Hugh.

— Ah! Maura!

— J'avais triomphé de ces enfantillages depuis des années. Du moins je le croyais. *Est-ce que je réussis? Ai-je l'air d'être moi-même?* Et puis maintenant, alors que vous êtes toutes si généreuses et que je devrais faire bonne impression — sur moi-même aussi, c'est un moment important pour moi, tu ne trouves pas? — cette stupide fantaisie de ma jeunesse revient furtivement. Est-ce que tu me méprises, Geraldine? *Suis-je en train de ruiner toute ta conception d'une mourante courageuse? Mais, bien sûr, tu ne dirais pas cela.*

— Te mépriser? Ah! Maura! *Elle s'est mise à me tapoter le visage. Eh bien, je peux me cacher (cacher mon vrai moi).* On a tous besoin de fantaisies, ma chérie. Et le fait que tu ne sois pas seulement la Maura forte et rieuse, tellement plus détachée que nous toutes, ça te rend simplement plus précieuse.

— Un peu moins enviable, c'est ça?

— Maura, je n'en reviens pas qu'en un tel moment tu sois capable de me rappeler une sottise que j'ai déjà... Mais je sais quelle blagueuse tu es, je te pardonne, ma chérie.

Le sourire, tout indulgent et infiniment compréhensif, revenait, un peu timide d'abord, puis radieux.

— Merci de m'avoir confié cette partie de toi, dit-elle. Merci, Maura.

— Ça te fait quelque chose à ajouter à ton dossier, hein? L'aveu final. *Non, laisse tomber. Tu ne gagneras pas. Il y a quelque chose ici que tu ne perceras jamais. Et puis, cela n'a plus d'importance. Ou plutôt oui, merde, cela en a. Mais moins, maintenant que je garderai ce que j'ai et que Hugh est à l'abri.* Eh bien, nous avons eu notre conversation, dit-elle, et ça m'a fatiguée. Je pense que je devrais dormir à présent.

— Bien sûr, ma très chère Maura.

Il faut que je prenne bien conscience de ce souvenir. Parce que c'est tout ce qui m'appartient. Non seulement cela, mais moi, je suis tout ce qui lui appartient. Je ne veux pas le laisser traîner, déformé et méconnu, au milieu d'étrangers. Il faut que je le tire à moi, comme il était avant. De sorte que, quand je disparaîtrai, il disparaîtra lui aussi. Tandis que Geraldine et les autres resteront là à écouter et à sourire. Eh bien, elles peuvent sourire tant qu'elles veulent.

Just Let One Thing

She was on her way. The ticket, purchased with some difficulty, had proved to be indeed a ticket. The bus existed and was already climbing into mountains. She'd be in Dubrovnik tomorrow night. In about twenty hours. And meet Alex. Or not meet him. As the case might be.

Her thoughts jolted. The road, what she could see of it, was rough. Being obliged to spend the day in Skopje after the collapse of her travel arrangements had unnerved her. Okay, admit that much. Finding it changed and yet not changed, relationships and distances askew as if the earthquake had obliterated streets so completely they'd had to be made up again from scratch, made up seemingly from the same blackened broken concrete blocks so that the buildings, new though they were, looked splotched and old. Still it was strange, since she'd told the story so many times, for so many years, in so many places – "Maddy's party piece," Fan used to call it – that she could have sat all those hours with the two young men and not said, as would have been so natural, "Quite near here, on one of the side streets between this hotel and the station, there was a smaller hotel called Invalidski Dom. Perhaps it's been rebuilt. If so, let's go

47

round there. A very strange thing happened to me in that hotel."

They'd discussed the earthquake, of course, the three of them sitting on the terrace of the Makedonia Hotel. The young men hadn't been born then, and they'd grown up in other parts of the country, but they knew all about the destruction, the nineteen thousand dead. She'd spent three days here in 1962, she'd told them, less than a year before it happened, nineteen years old at the time, with her brand-new husband, who was no longer her husband.

Why did I tell them that, she wondered. Call Fan my husband since he wasn't then or ever my husband. We were among the first of the non-marriers. Trend-setters, I suppose, in that and other ways, though at the time we just seemed to be ourselves. I got the job in the health-food store when such places were run by eccentrics and supported by cranks because it was the only job I could find when I left home. Fan came in the first time because he wanted some buckwheat honey and after that to see me. I was lonely and loved him almost at once and when he said he was off to Europe to try to find himself, as he put it, I went with him without a thought. So there we were in our jeans and back-packs at a time when most people still travelled in legal couples with suitcases. Fan was one of the first to cut his hair and is properly married this time. And I have Alex, who'll be in Dubrovnik to meet me. Or won't be.

"We were happy here," she'd told the two young men, looking across Marshal Tito's Square towards the Vardar River and the arch of the old stone bridge. She didn't want to go over to the hill that led to the Turkish town, she'd told them. The television cameras had panned across it hideously, one jumble of remembered stones after another. Across modern gimcrack Skopje too, all of it brought down with the caravanserai, the mosques and brass-bound doors, the minarets. "Nature's got you nicely off the hook," Fan had said as the camera paused over what might once have been Invalidski Dom, and she'd shivered, imagining that the earth might already have been shifting, slowly and subtly rearranging itself, even while she'd been running up those stairs and rattling doors. She shivered again, for the bus was cold.

They must have climbed high into mountains now. There were no lights anywhere, no vehicles or signs of life since the donkey-cart had appeared perilously in front of them, a tiny white-fezzed figure behind it with a flickering lamp. Only the shifting of the driver's shoulders told her they were twisting, mounting.

Everyone slept now. Except herself. Even the old woman across the aisle, who'd munched for the first hour at some sort of sausage she carried in a cotton bag, had slumped over the roughly carved wooden hobby-horse, or whatever the object was that she cradled in her lap. I must sleep too, she thought. Must. Must. This bus is really going to Dubrovnik. Why do I keep having to repeat that? Alex will be there or he won't be. There's always the chance he might not get away from his family in London to meet me. Or he will get away but the wire I sent this morning won't reach him. Damn that travel agent in Athens anyway, booking me on a train she said would reach Skopje in time to connect with the flight to Dubrovnik but missed it by two hours. And not another for three days.

She'd been rushing about – to the air terminal first, then to the bus station – constantly running into the larger of the two young men. "Bonjour, madame," he'd said, laughing, each time she met him. He bobbed up again with the words from the terrace of the Makedonia Hotel when she returned from the bus station, where the man had first insisted there was no space on tonight's bus, then after much mysterious laughter, said there might be and took her money. Distrustful, after the mix-up in Athens, of bits of paper bearing unknown script, she'd asked the young man to look at it. But he had no French beyond "bonjour," which he repeated several times, and no other response but laughter. However, he'd called to a friend on the street and this young man spoke English, examined the pink slip front and back and assured her it was indeed a ticket for Dubrovnik for a bus that left that night. So they all had coffee together, then lunch, then more coffee, then dinner. They queried her about Canada, the smaller young man interpreting. The larger young man laughed. "Why?" she asked the friend, who was not only so much smaller but prim, precise, bird-faced. "What does he find so funny about things?" for there was something strange about the way the face remained stone-still while the others talked, and then the laughter broke. . . . "He is an unusual person," the friend replied and, as if this made everything clear, "They say he will be a very clever doctor." For they were both students, the giant of medicine, the other of law.

Perhaps if there'd been just the smaller one and everything she said hadn't had to be translated to that first frozen, then laughing face, she'd have said: You see, it all started here. In this city. Till then Fan was what I thought he was, calm, composed. He might have stayed like that for a long time, then come down for me in some gradual way. But it all happened at once. I learned how tottery we are, she'd wanted to say. Just let one thing slip out of place and all our certainties come down. Will the sun I have watched disappear return tomorrow? Is there a sun? What makes me think there is? Is the insect-segment in which I must soon confine myself really a bus and will it travel across actual mountains and measurable space and bring me down to the ocean in the morning? How much, in fact, have I invented? The notion of rooms and doors, of travelling and buses? Did I perhaps, a day or two ago, invent myself? . . . You're always happiest when you can find fancy phrases for things, Fan said. . . . Oh shut up, she replied. It's my story and I'll tell it any way I like. . . . Didn't you always? Fan said.

She'd told it first in desperation. On the way to the station, on the train going down to Greece, she'd kept telling it. Then, when they were back in Toronto and she met his friends for the first time, he told it. He'd started graduate school soon after their return, the beginning of the journey (Fan's self had been well and thoroughly found) that would lead to his doctorate and teaching job at York. Maddy was working, not in a health-food store this time but at a real job, in a lawyer's office, with good pay that got better. Fan was an excellent story-teller, brisk, tidy, able to give events a shape. It was all good-natured. The friends looked with amusement at little Maddy – that was what he called her: "our little Maddy" – and with sympathy at Fan.

"I'd got a touch of the sun that afternoon," he always began. "The sun in Yugoslavia is pretty horrendous, even in September. So I decided to skip dinner, draw the curtains and sleep. Our little Maddy was terrified at the thought of going out alone to eat in a strange place but after considerable urging from me she went." All of it done so skilfully, tenderly almost, smiling at her. "She couldn't admit that she'd just moped about so she made up a little adventure, an encounter with a romantic fellow, an ex-partisan. So I'd be impressed by her ability to find interesting experiences without me."

Three or four times this happened. She'd sit in those strange living rooms, listening as he described the running up and down of stairs, rattling of knobs, putting in a word now and then: "But it did happen, I was there, I did meet him."

At first she thought he was simply, as she was, puzzled by the events. At least she hoped this. Then – how much was his actual words, how much the matter of stress and intonation? – she began to feel that he was suggesting, hinting at least, that she'd had her adventure take place in rooms that didn't exist, on the fourth floor of a hotel that didn't have a fourth floor, had made sure he'd realize this, for wasn't it she who'd said, "Let's go up there. They're nice people, Fan, you'll like them," so he'd wonder where she'd been, what really happened?

The third – or was it fourth – time he told the story, as they were walking home together under budding trees, she told him she liked her job. She was settled. She'd prefer not to go with him in September to the west coast. . . . "All because of a little teasing? Ah Maddy!" . . . She'd tried to say that it was what he was trying to do to her, perhaps couldn't help doing, making her look weak and silly so she wouldn't realize it was he who'd been weak and silly, but all she could say, in a rough incoherent voice, was "Call me Madeleine then. Stop calling me Maddy, it's so babyish."

He didn't though, even once. She did go with him when he took up his fellowship at Simon Fraser. She could tell herself she wasn't ready to leave him yet, that when the earth stopped shaking for her she would be. He didn't try to tell the story again till one of the other graduate students invited them to a party. Hallowe'en. Thanksgiving. She couldn't recall which. The friend lived in a stilted shack on the beach, which she remembered chiefly as full of driftwood – driftwood lamps and candle-holders, driftwood burning in an open grate, great piles of it everywhere, even, she believed, some exceedingly uncomfortable driftwood chairs. Everyone – except Maddy, who couldn't at the time afford such things if she were to be decent for work – wore ethnic clothes. (She came to it later, of course, was envied for her ponchos and caftans.) The host had spent the summer travelling by motor-scooter through Morocco.

Someone else had camped for a year in the sort of tent many of the Balkan gypsies used – a piece of tarpaulin slung over a line – on a beach at Rhodes. No one had been to Yugoslavia. "We had an adventure there," Fan said, "or rather our little Maddy did," and she imagined its all beginning again in this new place, the looks, the denials: "But I was there, I was. I ate the pear. The pear was real" . . . "I'd got a touch of the sun," Fan said. "The sun in Yugoslavia is pretty horrendous –"

"We'd been that day to a place called Matke," Maddy said. "You take a half-hour bus trip from Skopje, then walk for ages – an hour at least – along a dirt road. We took off our shoes, the dirt was really just dust, soft and reddish and fine. Then at last we came to the power-dam, a deep green artificial lake, and a little chapel to one side."

She could feel Fan looking at her across the driftwood flickers. She would always be aware of him looking at her when she reached that point in her story – in other living rooms across other fires, in Szechuan restaurants, Middle Eastern restaurants, new places to which they went with new people. She never quite betrayed him though she skirted it. "There were a few tables beside the green lake. We were hot so we sat down at once. A man came over and asked in quite good English whether he could help us. Fan asked for bread and cheese and wine. Someone else brought them and then the first man returned. He was a businessman from Skopje, who came there every week, he told us. He was happy to meet us because he'd studied at Oxford before the war and loved the English language. We had such a nice talk." Dwelling on it so Fan would suffer a little. Well, why not? she'd think. He makes me suffer. "But that's not the main part of the story," she'd say finally. "All that walking and sitting and walking again gave Fan a headache. When we got back to Invalidski Dom, our hotel, he decided to draw the curtains and try to get some sleep. If I wanted to eat, I'd have to go out alone. I was scared. I have to admit it." She'd sat on the bed beside him, looking at his face. Scared. More than scared. Because Fan, brave proud Fan who'd plucked her from the health-food store and led her by the hand through such marvellous places, so that she could scarcely bear the joy and surprise of it, was struck down with shame because he'd made a quite natural mistake, he'd thought the obliging stranger was a waiter and ordered bread and cheese and wine – not rudely, just a bit brusquely. She'd put out a hand and drawn it away. And that was my mistake, she'd often thought. And thought again, twisting through these mountains she could see only as dark on greater dark. I should have tried to tell him in my clumsy way that it didn't matter. I loved him as much as ever. More even. But I thought I'd save his pride by pretending I didn't realize though I did, I did.

"I went out finally," she'd say. "And I was lucky. Just around the corner, on the main street, which is called after Tito as you might expect, there was a tiny restaurant. Just an extension of the sidewalk really. Three or four tables and a little stove. On the sidewalk was a case with samples of that night's menu. So I went in and sat down and pointed at what I wanted. There was one other person there and after a while he spoke to me. His name was Marco."

A huge sprawling man with a large head, features that seemed handsome till you caught the alienness – the eyes too small, pitted between jutting brow and cheeks. He hadn't been bothersome, just loud and friendly, a bit drunk. They'd conversed in a sort of German; she'd picked up some words from Fan, enough to get the gist of things, even managed to tell him she was staying at Invalidski Dom. He was going there too, he said, and she discovered that his sprawl wasn't all drunkenness when she saw the two great canes he used to hoist himself, the way he flung his enormous body from side to side as he walked; his right leg must have been off at its source. He'd been in Tito's partisans, he told her, been wounded and taken as a prisoner to Germany where a doctor cut off his leg. He'd been a well-known singer but hadn't been able to work since the war. The government used the profits from the hotel to support injured partisans, hence its name, which meant Home of the Disabled. He and two others lived there in a sort of club to which other ex-partisans could come. She must accompany him there for some wine. So they went back around the corner and up in the elevator to the fourth floor.

At first new details used to come into her mind as she told the story. And later, when they were alone, Fan would say, "You never told that part of it before." And they'd be into it again. . . . "Which part?" . . . "That one of the children coming out of the so-called club with their father as you went in was eating a candy." And it would be impossible to make him see, though she always tried, always hoped, couldn't stop hoping, that she'd clearly, as if for the first time, seen the child's hand at its mouth and known what it held.

Gradually the story, as she told it and retold it in so many places, became set in particular details and phrases. Fan's face grew still, remained still. She no longer looked at him much, she was telling the story for herself. Hoping, she sometimes felt, that this time it would come out differently, there was a simple explanation and she'd find it. The wine ceremoniously poured. . . . "What label?" Fan had asked next day but she hadn't noticed. The waiter, a Rumanian, who'd sat and drunk with them. The presentation of the peach and pear, icy from the refrigerator Marco and the waiter were so proud of. . . . "I ate the pear. It had the most incredible tart sweetness. It was delicious." . . . Marco's demonstration of his cigarette-swallowing trick, with cries of "Bravo, Marco," increasing excitement, laughter.

Do they all laugh, these huge Macedonian men? That young medical student this afternoon. The man at the bus station laughed too, unwilling to sell me a place on this bus. Why? It's not at all crowded and will get me to Dubrovnik tomorrow night. Or will it? I've been told by people who may not always understand me clearly that it will. But perhaps nothing goes anywhere here. It just shudders and comes down. I won't meet Alex. He'll be at the hotel as we arranged, he'll get my telegram and go to the bus station to meet me but I'll still be twisting and turning through these mountains whose bulk I can sense around me but not see. Perhaps Marco fought near here with Tito's partisans. . . . "Southwest of this town in our mountains, " he'd said, "where there are many good places to hide in." Deep ugly drops too, she thought, watching the thrust of the driver's shoulders. But no one is worried but me. They all settled down easily to sleep.

The waiter had been so gentle with Marco, taking the cigarette from his hand when he began to laugh more and more loudly and speak incoherently. She'd said good night to them then and walked down some stairs to the second floor.

Fan was hunched in sleep. Pretended sleep? She'd snapped the light off at once and got in with him, and in the morning, as soon as their eyes were open, spilled her story: "It was so pathetic, Fan. He kept telling me what a famous singer he'd been though I'm sure he'd just done tricks at cabarets or fairs." . . . Fan had said very little, been quiet all day. She hadn't understood then – how moody he was, how little it took to bring him down. Would it have helped if I hadn't kept trying to distract him, coming back again and again to my adventure?

Then at ten o'clock that night, after they'd checked out and were sitting in that pretence of a lobby, an hour and a half to put in before their train to Greece, "Let's go up there," she'd suggested. . . . "They're nice people, Fan, you'll like them," she'd said, in the elevator now, then put out her hand and found no button for a fourth floor. It all became hazy then. Running up the stairs. Fan after her. On the third floor no continuing stairway, just what appeared to be ordinary doors to ordinary rooms. She'd rattled several knobs. Nothing. "But I was there, Fan," she'd said. "There must be a way up. I was there." . . . She'd been trying to get through to the night clerk, who didn't understand her German or any English, crashing against chairs as she imitated the lurch and pivot of Marco's walk, when Fan took up his backpack, hitched the straps of hers over her shoulders and told her it was time to leave.

"All the way to the station," she always ended the story, "Fan kept telling me I must have dreamed the whole thing, gone somewhere else, perhaps gone nowhere, had a touch of sun myself. But when we were far enough away so I'd be able to see the building as a whole if I looked back and did look back, there was Fan beside me looking over his shoulder."

"And was there a fourth floor?" someone always asked and, "Not that I could see," she'd say, "but if the club was just a half storey as I think it must have been, it might not have been visible from that side."

Then the sort of quizzing Fan had put her through at the time: "Could there have been other stairs? Another elevator?" and the same answer: "I don't see how. The place was so small. But I was there. The pear was real."

The street, Skopje's principal and widest thoroughfare, had been very still, except for Fan's voice empty. By day there'd always been a silent stream of people – gypsy girls in gossamer trousers, Albanians with white fezzes, ancient Turks – sweeping along the street and over the bridge to the Turkish town. She'd seized Fan's arm, feeling that mysterious, faintly rustling stream around her again (as she felt it now), pressing her forward with them – the bridge first, then the hill. And after that – ? . . . "It's too strange," she'd said. "I can't stand it." The way you're acting, she'd wanted to say. The way you're looking at me. . . . "Strange is right," he'd said and would not speak to her again till they were on the train, crammed into a third-class carriage with three German couples and their hampers of food.

Then, "You didn't want to stay over and search further, did you?" he'd said. "We could have. You just had to say the word."

She'd closed her eyes. Would it have helped, she thought, jouncing through this other midnight, if I'd screamed out at him: "Stop, just stop"? Not told the story at all? Not kept telling it till it became heavy with all I was first unable to say and then would not? Stayed in with him that evening, found some way to show him I understood his humiliation, as he saw it, of the afternoon? That it made no difference? No, she answered herself. The harm was done by then. There was no help anywhere for us.

Fan had an authentic wife now, duly married with both families present. We separated without ritual, observed or otherwise. I assumed that it would be easier for people like us to call it quits but it was harder, barer and colder. That was just one of the many things I've had to learn. Fan had married one of his students, described by him as quiet and not very pretty but much less tiresomely fanciful than Maddy. Young. Not much older than Maddy had been in 1962. When will she realize? she'd thought. When will it all come down for her? How will she maintain herself?

Well, that wasn't her problem. She had Alex, who was often inept but seemed content to be inept, never knew until the last moment where he'd be, and might or might not be in Dubrovnik tomorrow night. But will be. Must. He'll get my telegram, meet me at the bus. I'll ask him why I didn't go round to see whether there's a resurrected Invalidski Dom. The manager spoke English. He might have survived, might still be there. No, I won't ask that. Why did I stay with Fan so long? I'll ask, and he'll say, he'll say — She couldn't imagine anything Alex might say in reply to such a question from her. I'll play it safe, she thought. I'll tell him about my day with the two young men. There was the huge one, she'd say, who pretended to know French and who laughed. I've never heard such laughter, great rising bursts that surprised even him, I often felt, for every now and then he'd stop and look puzzled, then begin to laugh again as if he just couldn't help it, he had to keep laughing. And that's a good way to leave it, don't you think, Alex? Don't you? That he had to keep laughing, for no reason?

Un détail infime

Traduction de Michel Buttiens

Ça y est: elle était partie. Un peu difficile à obtenir, son billet s'était révélé un vrai billet. Bien réel lui aussi, l'autocar avait entrepris son ascension des montagnes. Elle serait à Dubrovnik demain soir. Dans une vingtaine d'heures. Et elle verrait Alex. Ou peut-être pas. Selon les circonstances.

Ses pensées devinrent cahoteuses. La route, du moins ce qu'elle en voyait, était inégale. Elle était déconcertée d'avoir dû passer la journée à Skopje après avoir vu les plans de son séjour s'écrouler. D'accord, d'accord. Elle découvrait que les choses, les relations comme les distances, avaient changé sans changer, comme si le tremblement de terre avait dévasté les rues à tel point qu'il avait fallu tout reconstruire à partir de rien, apparemment avec les mêmes blocs de béton brisés, de sorte que les édifices, tout neufs qu'ils étaient, paraissaient maculés et dégradés. Pourtant, c'était curieux, puisqu'elle avait raconté cette histoire si souvent depuis tant d'années et dans tant d'endroits différents «l'histoire pour *party* de Maddy», comme l'appelait Fan qu'elle ait pu passer tant d'heures avec les deux jeunes gens sans dire (cela aurait été tout naturel): «Tout près d'ici, dans une des rues transversales entre cet hôtel et la gare, se trouvait un petit hôtel, qui s'appelait *Invalidski Dom*. Peut-être l'a-t-on reconstruit. Si c'est le cas, allons y faire un tour. Il m'est arrivé une aventure des plus étranges dans cet hôtel.»

Bien sûr, ils avaient parlé du tremblement de terre, installés tous les trois à la terrasse de l'hôtel *Makedonia*. Les jeunes gens n'étaient pas originaires de la ville; ils avaient grandi ailleurs dans le pays; pourtant, ils étaient parfaitement au courant de la destruction et des mille neuf cents morts. Elle leur avait parlé des trois jours qu'elle y avait passés en 1962, un an avant la catastrophe elle avait dix-neuf ans alors avec son tout nouveau mari, qui n'était plus son mari.

Pourquoi leur avoir parlé de ça? se demanda-t-elle. Pourquoi appeler Fan mon mari alors qu'il ne l'était pas et ne l'a d'ailleurs jamais été? Nous faisions partie des premiers couples non mariés. Des précurseurs, sans doute, même si, à l'époque, nous semblions être nous-mêmes, tout simplement. J'avais décroché un emploi dans un magasin d'aliments naturels, quand les commerces de ce genre étaient tenus par des excentriques et soutenus par des originaux, parce que c'est tout ce que j'avais pu trouver après mon départ de la maison. À sa première visite, Fan venait acheter du miel de sarrasin; les fois suivantes, il venait pour me voir. Je vivais seule; je l'ai aimé presque tout de suite. Quand il m'a annoncé qu'il partait pour l'Europe à la recherche de lui-même, comme il disait, je l'ai suivi sans hésitation. Et nous nous sommes retrouvés à voyager avec nos jeans et nos sacs à dos à une époque où les gens voyageaient encore, pour la plupart, en couples mariés et avec des valises. Fan a été parmi les premiers à se faire couper les cheveux et il est bel et bien marié à présent. Et moi, j'ai Alex, qui sera à Dubrovnik pour me voir. Ou qui n'y sera pas.

«Pour nous, c'était le bonheur, ici», avait-elle dit aux deux jeunes gens, son regard traversant le square du Maréchal Tito jusqu'à la rivière Vardar et l'arche du vieux pont de pierre. Elle leur avait dit ne pas vouloir gravir la colline jusqu'au quartier turc. Les caméras de télévision en avaient pris d'horribles panoramiques, les tas de pierres mémorables se succédant. Skopje la folle et la moderne a subi le même sort, elle a été entièrement détruite, avec son caravansérail, ses mosquées et ses portes aux garnitures de cuivre, ses minarets. «La nature t'a bel et bien tirée d'affaire», avait dit Fan au moment où la caméra s'arrêtait sur ce qui aurait pu être autrefois l'*Invalidski Dom*, et elle avait frissonné en imaginant que la terre aurait déjà pu commencer à bouger, lentement, avant de se remettre en place, alors même qu'elle grimpait quatre à quatre ces escaliers et qu'elle frappait à ces portes. Elle frissonna de nouveau car l'air était frais dans le car.

Sans doute étaient-ils déjà haut dans les montagnes à présent. On ne voyait aucune lumière à l'extérieur, ni voiture ni signe de vie depuis qu'une charrette tirée par un âne avait dangereusement surgi devant eux, avec, à l'arrière, un personnage minuscule coiffé d'un fez et une lampe vacillante. Seule l'inclinaison des épaules du chauffeur lui indiqua qu'ils gravissaient une pente en lacets.

Tout le monde dormait à présent. Sauf elle. Même la vieille dame de l'autre côté du couloir central, qui avait passé la première heure à mâchonner une sorte de saucisse qu'elle transportait dans un sac en coton, s'était effondrée sur ce qui semblait être un cheval de bois grossièrement sculpté, qu'elle tenait sur ses genoux. Il faut que je dorme, moi aussi, pensa-t-elle. Il le faut. Il le faut. Cet autocar est vraiment en route pour Dubrovnik. Pourquoi dois-je le répéter sans cesse? Alex y sera ou non. Il subsiste toujours un risque qu'il ne puisse échapper à sa famille de Londres pour venir me rejoindre. Ou, alors, il pourra s'évader, mais le câble que je lui ai adressé ce matin ne lui sera pas parvenu. Et cette fichue agente de voyages athénienne qui m'a réservé un siège dans un train qui devait atteindre Skopje à temps, selon ses dires, pour me permettre d'attraper l'avion pour Dubrovnik, mais qui est arrivé deux heures plus tard. Et pas d'autre vol avant trois jours.

Elle avait couru d'abord jusqu'à l'aérogare, puis jusqu'à la gare d'autobus et n'avait cessé de retomber sur le plus grand des deux jeunes gens. «Bonjour, madame», disait-il chaque fois en français, l'air hilare. Et il remit ça depuis la terrasse de l'hôtel *Makedonia* lorsqu'elle revint de la gare des autobus, où le préposé avait commencé par soutenir qu'il ne restait pas de siège libre dans le car du soir, avant d'éclater d'un rire mystérieux, puis de lui prendre son argent en disant qu'après tout il se pouvait bien qu'il en restât un. Sa mésaventure athénienne l'ayant rendue méfiante envers les bouts de papier qui contenaient des informations incompréhensibles, elle avait demandé au jeune homme d'y jeter un coup d'oeil. Mais sa connaissance du français se limitait à «bonjour» et sa panoplie de réponses, à son seul rire. Il fit cependant appel à un ami qui passait par là et le jeune homme en question, qui parlait l'anglais, étudia le coupon rose au recto comme au verso avant de confirmer qu'il s'agissait bien là d'un billet pour l'autocar du soir à destination de Dubrovnik. Ils avaient donc pris un café tous les trois, puis avaient dîné avant de prendre un autre café, puis de souper ensemble. Ils lui avaient posé des questions sur le Canada, le plus petit des deux servant d'interprète. Le grand riait. «Pourquoi?» demanda-t-elle à son ami, qui était non seulement beaucoup plus petit, mais aussi collet monté, pointilleux, scrupuleux. «Qu'est-ce qu'il trouve de si drôle?» car son visage demeurait curieusement de marbre pendant que les autres parlaient, puis il éclatait de rire... «C'est quelqu'un de très spécial», répondit son ami, comme si cela expliquait tout. «On dit qu'il sera un génie en médecine plus tard.» Tous deux étaient étudiants, le géant en médecine et l'autre en droit.

Peut-être que si elle avait été seule avec le plus petit des deux, que s'il n'avait pas fallu traduire tout ce qu'elle disait à cette face de marbre qui se fendait dans un grand rire, elle aurait raconté: vous voyez, c'est ici que tout a commencé. Dans cette ville. Jusqu'alors, Fan était semblable à l'image que je m'en faisais: un homme calme et tranquille. Il aurait pu le rester longtemps avant de descendre graduellement à mon niveau. Mais tout est arrivé d'un seul coup. C'est alors que j'ai pris conscience de notre fragilité, aurait-elle expliqué. Il suffit d'un détail infime, d'un simple glissement pour que toutes nos certitudes s'effondrent. Le soleil qui vient de disparaître sous mes yeux se lèvera-t-il de nouveau demain? D'ailleurs, ce soleil existe-t-il vraiment? Et qu'est-ce qui me pousse à croire qu'il existe? Le petit autocar de rien du tout dans lequel je vais m'enfermer est-il vraiment un autocar et va-t-il me permettre de franchir de vraies montagnes et un espace mesurable pour m'amener jusqu'à l'océan demain matin? En fait, quelle est la part véritable de l'invention dans tout cela? Les notions de chambres, de portes, de déplacements et d'autocar? Se peut-il que je me sois inventée, il y a un an ou deux?

— Tu préfères toujours trouver des explications fantaisistes à tout, disait Fan.

— Oh! la ferme, répétait-elle. C'est mon histoire et je vais la raconter comme ça me chante.

— N'est-ce pas ce que tu as toujours fait? répliquait Fan.

C'était d'abord par désespoir qu'elle l'avait racontée. En route pour la gare, dans le train qui descendait en Grèce, elle la répétait sans cesse. Puis, à leur retour à Toronto, lors de sa première rencontre avec ses amis à lui, c'est lui qui la raconta. Il avait entrepris son baccalauréat peu après leur retour, le début du parcours (Fan s'était trouvé et bien trouvé!) qui le mènerait à son doctorat et à un poste dans l'enseignement à York. Maddy ne travaillait plus dans un magasin d'aliments naturels; elle occupait cette fois un vrai poste, dans un cabinet d'avocat, et gagnait un bon salaire, qui allait en augmentant. Fan était un excellent conteur, animé, méthodique, capable de présenter les faits de manière intéressante. Tout cela était bon enfant. Les amis de Fan considéraient la petite Maddy avec amusement c'est ainsi qu'ils l'appelaient: «notre petite Maddy» et Fan avec sympathie.

Cela commençait toujours par: «J'avais pris beaucoup de soleil cet après-midi-là. Le soleil en Yougoslavie est terrible, même en septembre. J'avais donc décidé de sauter le souper et de fermer les rideaux pour aller dormir. Notre petite Maddy était terrifiée à l'idée de sortir seule pour aller manger dans un lieu inconnu mais, devant mon insistance, elle finit par se décider à y aller.» Il racontait le tout de façon artistique, presque tendre, en lui adressant un sourire. «Elle ne pouvait admettre qu'elle n'avait fait que traîner son ennui, si bien qu'elle s'inventa une petite aventure, une rencontre avec un personnage romantique, un ancien partisan. Pour m'impressionner par sa capacité de vivre des expériences intéressantes sans moi.»

Il la raconta ainsi à trois ou quatre reprises. Elle se trouvait dans ces salons étranges à l'écouter décrire les montées et les descentes d'escaliers, le bruit des poignées de portes, ajoutant un mot çà et là: «Mais c'est vrai; je l'ai vu; je lui ai parlé.»

Au début, elle pensait que, comme elle-même, il demeurait perplexe devant les événements. Du moins, c'est ce qu'elle espérait. Puis quelle était la part de ses paroles, et celle de la tension et de l'intonation? elle se mit à ressentir qu'il sous-entendait, qu'il insinuait à tout le moins, que ses aventures étaient survenues dans des pièces qui n'existaient pas, au quatrième étage d'un hôtel qui n'en comptait que trois, et qu'elle s'était arrangée pour qu'il s'en aperçoive, car n'était-ce pas elle qui avait dit: «Montons les voir. Ce sont des gens bien, Fan, ils vont te plaire», de sorte qu'il se posât des questions sur les endroits où elle avait été et sur ce qu'elle y avait fait.

La troisième fois ou était-ce la quatrième? qu'il avait raconté cette histoire, alors qu'ils rentraient chez eux sous les arbres bourgeonnant, elle lui dit qu'elle aimait son nouveau travail. Elle s'était rangée. Elle préférait ne pas l'accompagner sur la côte ouest en septembre... «Tout ça parce que je te taquine un peu? Voyons, Maddy!». Elle avait essayé de lui expliquer que tout cela provenait de ses tentatives, involontaires peut-être, de la présenter comme quelqu'un de stupide et de faible pour éviter qu'elle ne se rende compte que c'était lui qui l'avait été, mais elle n'avait réussi qu'à bafouiller et à tenir des propos incohérents: «Appelle-moi Madeleine, alors. Cesse de m'appeler Maddy. Cela fait tellement puéril.»

Pas une seule fois il ne le fit. Lorsqu'il partit entreprendre son «fellowship» à l'université Simon Fraser, elle l'accompagna. Elle pouvait se dire qu'elle n'était pas encore prête à le quitter, qu'elle le serait quand la terre cesserait de trembler pour elle. Il se garda de raconter leur histoire jusqu'à ce qu'un autre étudiant au bac les invite à une soirée. Était-ce l'Halloween? Était-ce l'Action de grâces? Elle n'en a plus la moindre idée. L'ami en question vivait sur la plage dans une cabane sur pilotis, dont elle se souvient surtout qu'elle était remplie de bois flotté des lampes et des chandeliers en bois flotté, du bois flotté qui brûlait dans un feu ouvert, des gros tas de bois flotté partout, et même, lui semblait-il, quelques fauteuils en bois flotté d'un total manque de confort. Tout le monde sauf Maddy qui, à l'époque, ne pouvait se permettre de s'habiller de façon excentrique pour aller travailler portait des vêtements d'ethnies diverses. (Elle y vint plus tard, bien sûr, et ses ponchos et cafetans faisaient envie.) Leur hôte avait passé son été à sillonner le Maroc en scooter.

Quelqu'un d'autre avait campé une année entière sur une plage de Rhodes dans une sorte de tente que beaucoup de Tziganes des Balkans utilisaient un morceau de bâche tendu sur une corde. Personne ne connaissait la Yougoslavie. «Nous y avons vécu une aventure, dit Fan, en fait, c'est notre petite Maddy qui l'a vécue», et voilà que c'était reparti, dans ce nouveau décor, les regards, les dénégations: «Mais oui, c'est vrai. J'ai bel et bien mangé la poire. Une vraie poire.»

— J'avais pris beaucoup de soleil, raconta Fan. Le soleil en Yougoslavie est terrible...

— Ce jour-là, nous étions allés à un endroit appelé Matke, poursuivit Maddy. On fait une demi-heure d'autocar à partir de Skopje, puis on marche, on marche une heure, au moins sur un chemin de terre. Nous avons enlevé nos chaussures. En fait, c'était de la poussière, douce, rougeâtre et fine. Puis nous sommes arrivés au barrage, un lac artificiel d'un vert profond, avec une petite chapelle d'un côté.»

Elle sentait le poids du regard de Fan, à travers les flammes du bois flotté. Elle avait toujours conscience de son regard posé sur elle quand elle arrivait à ce moment de son histoire dans d'autres salons au coin d'autres feux, dans des restaurants de cuisine széchuanaise, des restaurants du Moyen-Orient, de nouveaux endroits où ils accompagnaient de nouvelles relations. Même si elle se faisait élusive, jamais elle ne le trahissait vraiment. «Il y avait quelques tables au bord du lac vert émeraude. Comme il faisait très chaud, nous n'avons pas tardé à nous y asseoir. Un homme est arrivé, qui nous a demandé dans un anglais potable s'il pouvait nous aider. Fan lui a demandé du pain, du fromage et du vin. Quelqu'un d'autre a apporté ce que nous avions demandé avant que l'homme ne revienne. Il s'est présenté comme un homme d'affaires de Skopje qui venait là chaque semaine. Il était heureux de nous rencontrer parce qu'il avait étudié à Oxford avant la guerre et qu'il adorait la langue anglaise. Nous avons eu une discussion très agréable.» Elle insistait pour faire un peu souffrir Fan. Bon, pourquoi pas? se disait-elle. Il me fait bien souffrir, lui. «Mais ce n'est que le début de l'histoire, finissait-elle par dire. Fan avait mal à la tête: la longue marche et les arrêts en étaient la cause. À notre retour à l'hôtel, l'*Invalidski Dom,* il a décidé de fermer les rideaux et d'aller s'étendre un peu. Si je voulais manger, il fallait que je sorte seule. Je dois bien l'admettre, j'avais peur.» Elle s'était assise sur le lit à côté de lui pour le regarder en face. Peur. Bien pire que ça. Parce que le brave et fier Fan, qui l'avait extirpée de son magasin d'aliments naturels pour la conduire par la main dans ces paysages si extraordinaires qu'il lui était difficile d'en accepter et le bonheur et la surprise, était submergé de honte: il avait commis l'erreur tout à fait pardonnable, croyant que cet aimable étranger était garçon de table, de lui commander du pain, du fromage et du vin oh! sans même manquer de politesse, peut-être avec un peu de brusquerie, c'est tout. Elle avait tendu la main, puis l'avait retirée. C'était de ma faute, pensait-elle souvent. Et cette pensée l'assaillait de nouveau, alors qu'elle tournait dans ces montagnes qu'elle ne pouvait percevoir que comme des masses sombres sur un fond encore plus sombre. J'aurais dû lui dire, toute maladroite que j'étais, que cela n'avait pas d'importance. Je l'aimais autant qu'avant. Davantage même. Mais je croyais que j'éviterais de le blesser dans son amour-propre si je faisais semblant de ne me rendre compte de rien même si, en fait, je voyais bien ce qui se passait.

«J'ai fini par sortir, dit-elle, et j'ai eu de la chance. Juste au coin, dans l'artère principale, qui porte le nom de Tito, bien sûr, se trouvait un petit restaurant. Un prolongement du trottoir, en réalité. Trois ou quatre tables et un petit poêle. Sur le trottoir, il y avait une boîte contenant quelques exemplaires du menu de ce soir-là. Je suis entrée, j'ai pris place à une table et j'ai montré ce que je voulais. Il y avait un autre client. Après quelques minutes, il m'a adressé la parole. Il s'appelait Marco.»

Un géant affalé à sa table, avec une tête énorme, des traits qui paraissaient fins jusqu'à ce qu'on en saisisse l'étrangeté les yeux trop petits, piqués entre les arcades sourcilières et les joues proéminentes. Il n'était pas gênant, simplement bruyant, amical, un peu ivre. Ils avaient utilisé une sorte d'allemand; Fan lui en avait appris quelques mots, suffisamment pour qu'elle comprenne l'essentiel d'une conversation; elle se débrouilla même pour lui dire qu'elle séjournait à l'*Invalidski Dom*. C'est là qu'il se rendait lui aussi, dit-il, et elle s'aperçut que l'ivresse n'était pas la seule cause de son affaissement lorsqu'elle vit les deux grandes cannes dont il se servait pour se redresser, la façon dont il balançait son énorme corps d'un côté à l'autre pour avancer; sa jambe droite devait avoir été sectionnée en haut de la cuisse. C'était un ancien partisan de Tito, lui expliqua-t-il, il avait été blessé, fait prisonnier et emmené en Allemagne où un médecin l'avait amputé. C'était autrefois un chanteur célèbre, mais il n'avait pas été en mesure de travailler depuis la guerre. Le gouvernement se servait des profits de l'hôtel pour aider les partisans invalides, d'où son nom, qui signifiait Maison des invalides. Il vivait avec deux autres personnes dans une sorte de club ouvert aux anciens partisans. Il l'invita à y prendre un verre de vin avec lui. Ils tournèrent donc le coin de la rue avant d'entrer dans l'hôtel et de prendre l'ascenseur jusqu'au quatrième étage.

Au début, de nouveaux détails lui venaient à l'esprit à mesure qu'elle racontait l'histoire. Alors, une fois qu'ils étaient seuls, Fan disait, «tu n'avais jamais raconté cette partie-là avant». Et voilà que ça recommençait... «Quelle partie?» «Celle où tu croises des enfants à l'entrée du soi-disant club; ils sont avec leur père et ils mangent des friandises.» Et elle ne parvenait pas à lui faire comprendre, en dépit de tous ses efforts, de tous ses espoirs des espoirs sans fin qu'elle avait clairement vu, comme si ç'avait été la première fois, la main que l'enfant portait à sa bouche, et qu'elle savait ce qu'elle contenait.

À force d'être répété dans tant de décors différents, le récit finit par se figer à la fois dans ses détails et dans sa forme. Le visage de Fan devenait calme et le demeurait. Elle ne le regardait plus guère, se contant l'histoire à elle-même. Dans l'espoir c'est ce qu'elle ressentait parfois que, cette fois-là, l'anecdote aurait une résonance différente, qu'il y avait une explication très simple et qu'elle allait la trouver. Le vin versé en grande cérémonie... «L'étiquette?» avait demandé Fan le lendemain, mais elle n'avait pas remarqué. Le garçon, un Roumain, qui s'était assis à leur table pour boire avec eux. La présentation de la pêche et de la poire, glacées, sortant tout droit du réfrigérateur, dont Marco et le garçon étaient si fiers... «J'ai mangé la poire. Aussi sucrée qu'une tarte. C'était incroyable. Elle était délicieuse.» Marco qui présentait le tour de l'avaleur de cigarette, puis qui criait «Bravo, Marco», l'excitation qui les gagnait, le rire.

Est-ce qu'ils rient, tous ces énormes Macédoniens? Ce jeune étudiant en médecine, cet après-midi. L'homme à la gare des autobus riait lui aussi en refusant de me vendre un billet. Pourquoi? Le car n'est pas plein du tout et j'arriverai à Dubrovnik demain soir. Ou peut-être pas? Les gens qui m'ont assurée qu'il y serait demain soir ne me comprenaient peut-être pas très bien. Mais peut-être aussi que rien ne va, nulle part dans ce pays. Un simple frémissement et puis les choses retombent. Je ne verrai pas Alex. Il sera à l'hôtel comme nous l'avons prévu. Il recevra mon télégramme et se rendra à la gare des autobus pour m'y accueillir, mais je continuerai à tourner dans ces montagnes qui m'oppressent de partout sans que je puisse les voir. Peut-être Marco et les partisans de Tito ont-ils combattu dans cette région... «Au sud-ouest de la ville, dans nos montagnes, avait-il dit, où il y a beaucoup de bonnes cachettes.» Des descentes horriblement raides aussi, pensa-t-elle en observant la position des épaules du chauffeur. Mais personne ne s'inquiète sauf moi. Tout le monde s'est endormi tranquillement.

Le garçon avait été si gentil avec Marco, lui prenant la cigarette des mains quand il s'était mis à rire de plus en plus fort et à tenir des propos incohérents. C'est alors qu'elle leur avait souhaité bonne nuit avant de descendre les escaliers jusqu'au deuxième étage. Fan dormait, recroquevillé. Ou faisait-il semblant de dormir? Elle avait éteint la lumière immédiatement et était venue le rejoindre et, au matin, dès qu'ils avaient ouvert les yeux, elle avait débité son histoire: «C'était tellement pathétique, Fan. Il ne cessait de me répéter combien il était célèbre comme chanteur, quoique je sois persuadée qu'il se contentait de faire des tours dans des cabarets ou des foires.» Fan n'avait pas dit grand-chose; il était resté tranquille toute la journée. Elle n'avait pas compris, alors, à quel point il était lunatique, qu'il suffisait de très peu de chose pour l'abattre. Aurait-il été préférable que je n'essaie pas de le distraire en le ramenant sans cesse à mon aventure?

Puis, ce soir-là à dix heures, après qu'ils eurent rendu leur clef et pendant qu'ils étaient assis dans ce soi-disant hall, une heure et demie d'attente avant de prendre le train pour la Grèce, elle avait proposé: «Montons les voir.» Et, une fois dans l'ascenseur, elle avait repris: «Ce sont des gens bien, Fan, ils vont te plaire», en tendant la main vers la rangée de boutons, où aucun ne portait le chiffre quatre. Tout devint alors nébuleux. Elle grimpa les escaliers en courant, avec Fan derrière elle. Au troisième, l'escalier s'arrêtait. Il n'y avait que des portes ordinaires de chambres ordinaires. Elle avait tourné quelques poignées de portes. Rien. «Mais je suis allée au quatrième, Fan», avait-elle dit. «Il doit y avoir une façon de monter. J'y suis allée.» Elle avait essayé de parler au gardien de nuit, qui ne comprenait ni son allemand ni un mot d'anglais. Elle s'était cognée contre les fauteuils en essayant d'imiter la démarche de Marco, vacillant et pivotant sur elle-même, jusqu'à ce que Fan mette son sac à dos, passe les sangles du sien sur ses épaules à elle et lui dise qu'il était temps de partir.

«Tout le long du chemin jusqu'à la gare, disait-elle toujours en guise de conclusion, Fan ne cessait de me répéter que je devais avoir rêvé tout ça, que je devais être allée ailleurs, nulle part peut-être, que j'avais moi-même pris un coup de soleil. Mais, une fois que nous avons été assez loin pour que je puisse bien voir l'immeuble en entier si je me retournais, et que je me suis retournée, à côté de moi, Fan regardait derrière lui aussi.»

Cela ne ratait jamais; quelqu'un finissait toujours par demander s'il y avait un quatrième étage. Sa réponse était toujours la même: «Apparemment, non, mais si, comme je le pense, le club était une sorte d'entresol, il aurait été invisible de ce côté.»

Suivait alors le genre d'interrogatoire que Fan lui avait fait subir à l'époque: «Pouvait-il y avoir des escaliers ailleurs? Un autre ascenseur?» La réponse était toujours la même: «Je ne vois pas où. C'était si petit. Mais j'y suis allée. Je le soutiendrai jusqu'à mon dernier jour. La poire était bel et bien vraie.»

L'artère principale de Skopje, sa voie la plus large, était très calme, vide, si l'on excepte la voix de Fan. Le jour, les piétons formaient toujours une sorte de cortège silencieux des Tziganes en pantalons d'étoffe légère, des Albaniens portant leur fez blanc, des Turcs à l'ancienne mode longeant furtivement la rue avant de traverser le pont pour gagner le quartier turc. Ressentant de nouveau ce courant mystérieux un simple bruissement autour d'elle (elle avait la même perception en ce moment) qui la pressait en avant, le pont d'abord, puis la colline, elle s'était accrochée au bras de Fan. Et après? «C'est vraiment très étrange», avait-elle dit. «Je n'arrive pas à le supporter.» Ce rôle que tu joues, aurait-elle voulu préciser. Cette façon que tu as de me regarder... «Étrange, c'est le mot», avait-il acquiescé avant de se taire jusqu'à ce qu'ils se retrouvent dans le train, entassés les uns sur les autres dans une voiture de troisième classe avec trois couples d'Allemands et les montagnes de nourriture qu'ils emportaient.

Puis il avait repris: «Tu ne voulais pas rester et poursuivre tes recherches? Nous aurions pu. Tu n'avais qu'un mot à dire.»

Elle avait fermé les yeux. Se remémorant un à un les événements de l'autre soirée, elle se demanda ce qui se serait passé si elle lui avait crié: cesse, veux-tu! Si elle s'était abstenue de raconter cette histoire. Si elle ne l'avait pas racontée encore et encore jusqu'à ce que l'histoire devienne lourde de tout ce qu'elle ne parvenait pas à exprimer au départ, puis ne voulait plus reconnaître. Si elle était restée près de lui ce soir-là, si elle avait su lui montrer qu'elle comprenait qu'il se fût senti humilié cet après-midi-là. Que ça ne changeait rien. Non, se dit-elle. Le mal était fait alors. Nul n'y pouvait plus rien.

Fan a une vraie épouse maintenant, ils se sont mariés en présence des deux familles. Nous nous étions séparés sans faire d'histoires, ni officiellement ni autrement. Je pensais qu'il serait plus facile, pour des gens comme nous, si nous nous quittions sans cérémonie, mais ce fut plus dur, plus sec et plus froid que je ne m'y attendais. Cela faisait partie des nombreux apprentissages qu'il me restait à faire. Fan a épousé une de ses étudiantes sage et pas très jolie, selon lui, mais beaucoup moins bizarre et agaçante que Maddy. Jeune, ça oui. Guère plus âgée que Maddy en 1962. Quand s'en apercevra-t-elle? pensa-t-elle. À quel moment le monde s'écroulera-t-il autour d'elle? Comment arrivera-t-elle à le supporter?

Bon, à chacune ses problèmes, hein! Elle avait Alex, souvent idiot mais pas fâché de l'être, qui ignorait toujours jusqu'au dernier moment sa destination (sera-t-il ou non à Dubrovnik demain soir?), mais qui s'y rendait. Il y sera. Obligé. Il aura reçu mon télégramme et m'attendra à la descente de l'autobus. Je lui demanderai pourquoi je ne suis pas allée voir s'il n'existe pas par hasard un *Invalidski Dom* resurgi de ses cendres. Le tenancier parlait l'anglais. Il pourrait bien avoir survécu. Il se pourrait qu'il soit encore là. Non, je ne lui poserai pas cette question. Je lui demanderai: pourquoi suis-je restée si longtemps avec Fan? Et il me répondra, il me répondra... Elle ne put imaginer aucune réponse plausible, dans la bouche d'Alex, à ce genre de question. Je ne prendrai pas de risques, se dit-elle. Je lui raconterai ma journée avec les deux jeunes gens. L'un des deux était gigantesque, expliquerait-elle; il prétendait parler français et ne cessait de rigoler. Jamais je n'ai entendu quelqu'un rire comme ça, en éclats énormes qui le laissaient tout surpris lui-même, à mon avis, car il ne cessait de s'interrompre pour nous regarder, les yeux grands ouverts, avant de se remettre à rire comme s'il ne pouvait s'arrêter. Et c'est une bonne façon d'arrêter là l'histoire pas vrai Alex? avec ce type qui ne pouvait s'empêcher de rire sans raison.

The Rearing Horse

A few memories were loose in the air around her – the last to leave perhaps when her mind emptied – but the others she had to search for, pushing herself again and again down a narrow passageway, which she thought of as rather like a vein for it seemed to run perfectly straight, without branchings, to some outer limit of herself – her left big toe perhaps? Here memories had gathered and she must grasp for them one by one and bring them back. The exact light but definite blue of her father's eyes. (Not quite the sound of his voice though there might be a trace of that somewhere if she could find it.) Her first sight of Philip from the top of the rooming-house stairs, his body shadowed, face in light. (And I paused and was very conscious of the shape and substance of my body moving down to his.)

"And unless you've lost these things," she told the girls (not *until* you've lost them; she knew she must spare them that) "you couldn't know how it feels. Like waking up in a room without furniture and the room is your head. Worse than being born because there's a tiny struggling bit of you that knows it ought to know."

Had she talked so much, she wondered, and so freely in what she thought of as her life? Ever since she'd plucked enough of herself from the air to know that the moving settling blobs that sometimes shadowed down to her were Claire and Penny, and her daughters, needing words from her, and had discovered that the numbing blow (*stroke* she heard but the word was too light, too single) hadn't got her tongue, she'd kept talking. To the girls and to her doctors. And even, between the outrage of tests and examinations, to the nurses. To hold and prove what she had? Certainly at first. Slurring – or worse than that, words tumbling about in her head – would have been shaming. Whereas a lame leg, even though she might have to drag it about with her for the rest of her life, was simply that – a balking, a connection missing, but decently within herself, nothing visible to others but a lurch, a slight imbalance.

Her apartment, when she returned to it, was strange, almost trackless, full of things she didn't know. But left alone with it finally, she was able to name and slowly identify the bits and pieces she'd brought from the house after the girls married. Though for weeks she would sometimes jolt out of sleep, not knowing which of her homes this was or what chairs were in the next room. And she'd have to burrow deep to learn these simple things.

"Have you got enough to read, Maw?" the girls kept asking and it was impossible to explain that there wasn't enough of her yet for books or for lives and thoughts other than her own. So she always said she had and kept a book or a magazine close by as if she'd just stopped reading or was about to begin. And in the longer and longer alone stretches she sat loose and thin in the bulky chair that used to be Philip's, searching for her life.

Some things slipped into her mind on their own now. These were often ugly. Like the cat. The year she was thirteen and they moved to the country after Philip – no, her father, why did she confuse them? – after her father died. Someone had flung it into the shallow brook with a rock wired to its neck. No other way to the new hated school and her eyes pulled daily to that grimace, set by the October frost, unchanged till the snow came down. (As it always does. Over Philip too when I was thirty-eight. Did you fight too before the wire ran out? I haven't found that yet.)

As well there were the flashes. Clicks. She didn't know what to call them though something like a flash or click (or both) did seem to happen in her head. (The cat was a restoration, had an accretion of frequent remembering, she knew though she wasn't sure how.) The new things she was in. They were perfectly in scale. Like the rearing horse.

"How'd you know it was so long ago, Maw?" Penny had rushed in late after the daily visit from the V.O.N. and was in the kitchen concocting yet another noxious herbal brew. Seated in the big chair with three magazines beside her, Flo watched as Penny came in, balancing a steaming pot and two stacked mugs. A big young woman in jeans and a flowered shirt. "Couldn't it be more recent?" Penny handed her one of the mugs. "Something you heard about? Or read?"

"No," Flo said. "It happened. To me when I was four or five. I know just about where it was too. One of those grey Montreal corners – Sherbrooke and – Bishop perhaps, Stanley – and I saw what people were wearing."

"Like what?"

"Old-fashioned, long, the usual – wait. There was a woman standing in the street. In a long-jacketed suit trimmed with those loops of braid that are called frogs. And she was terrified." Terror on all the faces. And the horse side-stepping against a building, its hooves directly above Flo's face.

"D'you see who was riding the horse?"

"Soldier. Policeman. Some sort of uniform. Are you really interested or just humouring me?" For Penny was hitching about in a fidgety way. She shouldn't wear her hair in such dangling streaks, Flo thought. She's too old. It looks silly. "I was taken to all sorts of parades when I was little" – getting this back as she spoke, the cold hours at curbsides. "Armistice Day. Twenty-fourth of May. The horse had bolted, I guess, scattering people into the street. Funny. The one thing I can't get is the sense of anyone being with me."

"But someone dragged you back."

"Yes. It would seem that someone did." Penny indicated the steaming pot. Flo shook her head. "Now if you were to ask me to describe the taste of strong real coffee. That I do remember." Penny smiled. Philip's smile. They'd had her teeth straightened so she no longer had his mouth but she still sometimes had his smile. ("What are you two hiding in those squirrel cheeks?" Flo used to ask them. A triumph, that "used to," the layers coming back.)

"This is a brand new memory," she said. "I'm sure it is. But why wasn't the incident ever talked about? The day Flo almost got trampled by a horse." Penny was fiddling her ashtray about, no longer smiling, her face shadowed, pinched.

"You look tired," Flo said.

"Oh – well yes, a little," Penny said, then something about John and the kids, when Flo hadn't meant tired at all, had meant abstracted, anxious. I know why we called her Penelope, she thought. Because she came with peace and the end of the world's waiting. And Claire was to be a light when there was only darkness, Philip in uniform, one embarkation leave after another, saying goodbye and not going, then saying goodbye again. . . .

"Sorry," (for Penny was saying, "Mum, *Mum*"). "What was it you –?"

"All these dead cats," Penny said. "Runaway horses."

"Oh the cat was good on the whole. Didn't I explain about that? The way it fought. It hadn't drowned you see. It strangled."

"Always *memories*," Penny said. "And anyway, so what?"

Big and fumbling, this young woman who was her daughter. In the hospital – it was one of the first things she'd got back – she'd looked straight up into a huge single eye, heard a voice calling "Mum, *Mum*," and she'd known: this is the one of the two who needs me most. But what did she want of you now? I think I used to know, Flo thought. Believe I did, which is as good as knowing. But there were whole tracts of the girl she hadn't got back. Why she'd married John, for instance, and so young. Something wavered on the edge of recollection, herself and Penny talking, ways that were their own.

"You'll just have to forgive me," she said and wanted to explain what a painful blow it had been, she'd never known or imagined such pain. (And I lived for so long in that empty place. I don't know how many days it was for you but for me it was centuries. Nobody came to me and there was nothing. Not even blankness. Nothing.) But she was too tired, her mind felt forced and raw, and Penny was looking at her, distraught. So she did what she could, not knowing whether this was what she'd have done three months ago, spoke lightly, giving Penny the sign she could pack up now and go back to her own life, whatever it was. "Well, if I solve the mystery of the rearing horse," she said, "I'll let you know. But I don't imagine I will."

And she didn't. Though she could sometimes feel the terror, herself alone at its centre. She resumed her journeys down that birth-canal or vein, looking for things to fill her out. Claire's shoulder quivering, her face very soft and still as Flo cut off her flyaway blonde hair. Penny pawing her out of sleep, "Mum, how long *is* for ever and ever?" ("Well, it's quite a long time," I said, and Philip laughed.) Nothing ever about John or why Penny chose him. (She felt panic when she searched for this. Because how could you recognize not-knowing well enough to be sure you'd found it?) Cherry Beach the night Philip first made love to her. His eyes after Claire was born. Bloodshot. (He'd brought flowers, dropped them on the floor, finally took them away with him.) He was very real at times, but in pieces. She sometimes found herself arguing with him and with the other dead – her parents, her friend Rose who'd died of leukemia at twenty-two. You didn't do anything for me when I was in your place. I came back. I belong to the living again. And for the living, things have to connect. At least seem to, even if we're just holding the bits together with our hands. I may learn to do this for myself and the others again. Don't ask me to do it for you.

Everyone told her how well she was and that her limp was almost gone. (It wasn't. Something still balked within.) The V.O.N. cut her visits down to once a week. Flo rode an exercise bicycle now to build back muscles in her thigh. The girls brought their children to see her. (Granny being more presentable now, nearly herself. Or did they think that? What was her self? A few scraps of memories. Scraps of emotion to go with the memories.) They urged her to go out and she did a little, limping about the streets. Lazarus, come forth, she thought. Or since you're forth and we've all had a good look at you, get on with it.

Summer and an August heat wave. She knew that, even August, though early still, the thick grey-white that precedes sun, it was very cold. Flo shivered in her light dress. On every bench in the park lay a man asleep, wrapped in newspapers. She'd known about this, but had never seen it. (The unemployed, we called them. "Remember the unemployed," we used to say when food was wasted or refused.) How awful, she thought, walking by the benches, stamping on the dirt paths. She looked into some of the faces, so firmly and pitifully asleep in the almost light. Some, in fact most of the men were no older than she was. She wondered whether they knew one another, whether they were a confraternity, each with his settled private bench, or whether they just wandered there at random after the wandering day.

Her heart was broken. She'd lain miserable all night, got up with terrible energy to take this early walk over to Queen's Park. I can't stand it, she thought. I can't stand the sight of you sleeping here. And my heart is broken. My heart. Broken. I can't stand it. I can't and I won't. She hugged herself, weeping, as she walked, stamping, between the benches of sleeping men.

It had come just as she wakened, the scene, herself in the middle of it, clutching her rage. I was that, she thought, angry young person, insisting on the importance of her grief. Not soft. Vehement. Strong. (The war came soon, she reached back to tell the sleeping men. You turned out to be of value after all. You might even say it saved us all.)

But when exactly? Who? Too early for Philip. And nothing about Philip would have sent her broken-hearted into the dawn. She tried to get behind the scene but couldn't. Tried to roll it back. (She'd moved so often when she first came to this city. I was so light in those days. Moving. Looking. Hoping.) If she could remember from which side she'd entered the park, that might help her —

Did it matter? A quarrel the night before, a despairing walk in the early morning. I was, had that. All life. Loved wildly, could feel my world come down after a break or misunderstanding. Again she felt her young feet thudding, trying to break the crust of earth. Foolish. Wonderful. Grasp it. Bring it back.

In triumph and terror she reached but it slipped away. For the first time since her illness she covered her face and wept.

The horse reared up.

Et le cheval se cabra

Traduction de Nésida Loyer

Quelques souvenirs flottaient, épars autour d'elle – peut-être les derniers à disparaître quand son esprit s'était vidé – mais les autres, il fallait qu'elle les cherche, forçant constamment son chemin vers le bas, dans un passage étroit qui lui apparaissait plutôt comme une veine car il semblait mener directement, sans bifurcations, à une extrémité de son être – son gros orteil gauche peut-être? Là s'étaient rassemblés les souvenirs et elle devait les y puiser un à un pour les en ramener. Le bleu exact, clair mais précis, des yeux de son père. (Pas tout à fait le son de sa voix, bien qu'il pût en rester quelque chose, quelque part, en cherchant bien.) La première fois qu'elle avait vu Philip du haut de l'escalier de la pension, son corps dans l'ombre et son visage dans la lumière. *Et je marquai un temps d'arrêt, bien consciente de la forme et de la substance de mon corps descendant vers le sien.*

    –Et à moins d'avoir perdu ces choses, disait-elle à ses filles (elle ne leur disait pas «*tant* que vous ne les avez pas perdues»; elle savait qu'elle devait leur épargner cela), vous ne pouvez savoir ce que cela fait. Comme de se réveiller dans une pièce sans aucun meuble et cette pièce est votre tête. Pire que de naître, car il y a une part infime de votre être qui lutte parce qu'elle sait qu'elle devrait savoir.

Joyce Marshall

Est-ce qu'elle avait parlé autant, se demandait-elle, et aussi librement, au cours de ce qu'elle croyait avoir été sa vie? Depuis qu'elle avait happé dans l'air suffisamment d'elle-même pour savoir que les taches fixes qui parfois dessinaient une ombre mouvante au-dessus d'elle étaient Claire et Penny, ses filles, lesquelles avaient besoin d'entendre des mots de sa bouche, et depuis qu'elle avait découvert que sa paralysie (son *attaque*, avait-on dit, mais le mot lui avait paru sans consistance, trop court) ne lui avait pas affecté la langue, elle continuait de parler. À ses filles et à ses médecins. Et même, entre l'avanie des tests et des examens, aux infirmières. Pour garder et démontrer ce qu'elle avait? Au début, certainement. Ne pouvoir prononcer les mots – ou, pire que cela, les voir se bousculer dans sa tête – aurait été une honte. Tandis qu'une jambe qui boitait, même si elle allait devoir la traîner le restant de ses jours, ce n'était que cela – un obstacle, un maillon qui manquait, mais à l'intérieur d'elle-même, c'était plus décent, rien de visible pour les autres qu'un vacillement, un léger déséquilibre.

Son appartement, lorsqu'elle y revint, lui parut étrange, presque sans repères, rempli d'objets inconnus. Mais quand on l'y eut laissée enfin seule, elle fut capable peu à peu de reconnaître et de nommer ses petites affaires apportées de la maison après le mariage de ses filles. Même si, pendant des semaines, elle continua de se réveiller parfois en sursaut, ne sachant plus dans laquelle de ses demeures elle se trouvait ni quelles chaises meublaient la pièce voisine. Et elle devait fouiller au plus profond d'elle-même pour apprendre ces simples réalités.

–Est-ce que tu as assez à lire, m'man? lui demandaient toujours ses filles, et il était impossible de leur expliquer qu'il n'y avait pas encore assez d'elle pour des livres ou pour des vies et des pensées autres que les siennes. Alors elle disait toujours qu'elle en avait assez et elle gardait un livre ou un magazine à sa portée, comme si elle venait juste de s'arrêter de lire ou allait bientôt commencer. Et dans les intervalles de solitude, de plus en plus longs, elle s'asseyait, perdue, amenuisée, dans le grand fauteuil qui avait été celui de Philip, à la recherche de sa vie.

Des choses s'insinuaient d'elles-mêmes dans sa tête maintenant. Des choses souvent pas très belles. Comme le chat. L'année de ses treize ans et celle du déménagement à la campagne après la mort de Philip – non, de son père, pourquoi les confondait-elle? – après la mort de son père. Quelqu'un avait balancé le chat dans le petit ruisseau, avec une pierre accrochée à son cou par un fil de fer. Pas moyen de passer ailleurs pour aller à la nouvelle école, qu'elle détestait, et ses yeux chaque jour attirés par cette grimace figée dans le gel d'octobre, inchangée jusqu'à l'arrivée de la neige. *Celle qui finit toujours par tomber. Qui a fini par tomber sur Philip également, quand j'avais trente-huit ans. Est-ce que tu t'es débattu aussi avant que le fil se tende? Je n'arrive pas encore à me le rappeler.*

Et il y avait les éclairs. Les déclics. Elle ne savait pas comment les appeler, mais quelque chose comme un éclair ou un déclic (ou les deux) semblait se produire dans sa tête. (Le chat, elle le reconstituait à partir de visions de plus en plus fréquentes, elle le savait, bien qu'elle ne pût dire comment.) Les nouvelles choses dans lesquelles elle se trouvait. Elles étaient à l'échelle exacte. Comme le cheval qui se cabrait.

— Comment peux-tu dire que ça s'est passé il y a si longtemps, m'man?

Penny était arrivée à toute allure, tard après la visite quotidienne de l'infirmière, et se trouvait dans la cuisine en train de lui préparer une autre infecte concoction d'herbes. Assise dans le gros fauteuil avec trois magazines à côté d'elle, Flo la regardait venir, portant en équilibre une théière fumante et deux grandes tasses empilées l'une sur l'autre. Une jeune femme grande et forte, en jeans et chemisier fleuri.

— Est-ce que ce ne serait pas plus récent? (Penny lui tendit une des tasses.) Quelque chose dont tu as entendu parler? Ou que tu as lu?

— Non, dit Flo. Ça m'est bien arrivé. Quand j'avais quatre ou cinq ans. Et je suis presque sûre de l'endroit où ça

s'est passé. Un de ces coins de rue grisâtre de Montréal —
Sherbrooke et Bishop peut-être, ou Stanley. Et je me rappelle
ce que les gens portaient.

— Quoi, par exemple?

— Des habits à l'ancienne mode, longs, ce qu'on
portait habituellement... Attends. Il y avait une femme debout
dans la rue. Elle avait un ensemble à veste longue garnie de
ces ganses bouclées qu'on appelle brandebourgs. Et elle
avait très peur.

La terreur se lisait sur tous les visages. Et le cheval
avait fait un écart contre un bâtiment, ses sabots juste au-
dessus de Flo.

— Tu as vu qui était sur le cheval?

— Un soldat. Un policier. Quelqu'un en uniforme. Ça
t'intéresse vraiment ou tu m'écoutes juste pour me faire
plaisir? (En effet Penny se balançait nerveusement d'une
fesse sur l'autre.) *Elle ne devrait pas porter ses cheveux
longs comme ça*, pensa Flo. *Cela n'est plus de son âge. Ça a
l'air fou.*

— On m'emmenait à toutes sortes de défilés quand
j'étais petite. (Cela lui revint au moment même où elle
parlait, l'attente dans le froid au bord du trottoir.) L'Armistice.
Le vingt-quatre mai. Le cheval s'était emballé, je suppose,
car les gens couraient dans tous les sens. C'est drôle. La
seule chose bizarre, c'est qu'il me semble qu'il n'y avait
personne avec moi.

— Mais quelqu'un t'a tirée par le bras.

— Oui. Apparemment quelqu'un l'a fait.

Penny montra la théière fumante. Flo secoua la tête.

— Maintenant si tu me demandais de décrire le goût d'un
bon café fort... Ça, je me le rappelle.

Penny sourit. Le sourire de Philip. Ils lui avaient fait
redresser les dents, de sorte qu'elle n'avait plus sa bouche,
mais elle avait encore son sourire parfois. *Je leur demandais
souvent: «Qu'avez-vous tous les deux dans les bajoues?»*
Un triomphe que ce «souvent», la mémoire redécouvrait
ses strates.

— C'est un souvenir tout nouveau, dit-elle. Je suis sûre de ça. Mais pourquoi n'a-t-on jamais parlé de cet incident, «du jour où Flo avait failli être piétinée par un cheval»? (Penny jouait avec son cendrier, ne souriant plus, le visage assombri, les traits tirés.) Tu as l'air fatiguée, dit Flo.

— Ah!... enfin oui, un peu, dit Penny, qui ajouta quelque chose à propos de John et des enfants, alors que Flo n'avait pas du tout voulu dire fatiguée, mais absorbée, préoccupée. *Je sais pourquoi on l'a appelée Pénélope,* pensa-t-elle. *Parce qu'elle est venue paisiblement alors qu'on s'attendait à la fin du monde. Et Claire allait être une lumière dans toutes ces ténèbres, Philip en uniforme, prêt à s'embarquer à tout moment, disant au revoir et ne partant pas, puis disant au revoir de nouveau...*

— Excuse-moi (car Penny disait «maman, *maman*»). Qu'est-ce que tu...?

— Tous ces chats morts, disait Penny. Ces chevaux emballés.

— Oh! le chat était bien bon dans l'ensemble. Je ne t'ai pas encore expliqué ça? Comme il s'est débattu. Il ne s'est pas noyé, vois-tu. Il s'est étranglé.

— Encore des *souvenirs*, dit Penny. Et d'ailleurs, qu'est-ce que ça peut faire?

Forte et maladroite, cette jeune femme qui était sa fille. À l'hôpital — c'était une des premières choses qui lui était revenue — elle avait fixé son regard sur un oeil énorme et unique au-dessus d'elle, entendu une voix qui disait «maman, *maman*» et elle avait su: c'est celle des deux qui a le plus besoin de moi. *Mais qu'est-ce qu'elle veut de moi à présent? Je pense que je le savais avant,* se dit Flo. *Du moins je crois que je le savais, ce qui équivaut pratiquement à savoir.* Mais il y avait des régions entières de sa fille dont elle ne se souvenait pas. Pourquoi elle avait épousé John, par exemple, et si jeune. Quelque chose oscillait au bord du souvenir, elle et Penny en train de parler, des façons d'être qui leur étaient particulières.

— Tu vas devoir me pardonner, dit-elle, et elle voulut expliquer à quel point le coup lui avait fait mal, elle n'avait jamais connu ou imaginé une douleur pareille.

Et j'ai vécu si longtemps dans cet espace vide! Je ne sais combien de jours cela faisait pour toi, mais pour moi c'était des siècles. Il ne venait personne et il n'y avait rien. Pas même le néant. Rien.) Mais elle était trop fatiguée, son esprit se sentait surmené et à vif, et Penny la regardait, affolée. Alors elle fit ce qu'elle pouvait, ne sachant pas si c'était ce qu'elle aurait fait trois mois auparavant, elle parla d'un ton léger, signalant ainsi à Penny qu'elle pouvait faire ses bagages et retourner à sa propre vie, quelle que fût cette dernière.

— Eh bien, si je résous le mystère du cheval qui se cabrait, dit-elle, je te le ferai savoir. Mais je ne pense pas y arriver.

Et elle n'y arriva pas. Bien qu'elle pût parfois sentir la terreur, et elle-même, seule au centre. Elle reprit ses pérégrinations dans cette voie maternelle ou cette veine, cherchant des choses qui la rempliraient. L'épaule frissonnante de Claire, son visage si doux, si tranquille, quand Flo lui coupait ses folles mèches blondes. Penny qui la réveillait en lui donnant de petites tapes: «Maman, ça dure combien de temps, l'éternité?» *«Eh bien, ça dure pas mal de temps»*, ai-je répondu, et Philip a ri. Jamais rien sur John ou la raison pour laquelle Penny l'avait choisi. (Elle eut un sentiment de panique en cherchant cela. Car comment arrive-t-on à reconnaître ce qu'on ne connaît pas suffisamment et à être sûre de l'avoir trouvé?) Cherry Beach la nuit où Philip et elle avaient fait l'amour pour la première fois. Les yeux de Philip après la naissance de Claire. Injectés de sang. (Il avait apporté des fleurs, les avait laissées tomber par terre et, finalement, les avait reprises en s'en allant.) Il était bien réel par moments, mais en morceaux. Elle se voyait parfois en train de se disputer avec lui et les autres morts — ses parents, son amie Rose emportée par la leucémie à l'âge de vingt-deux ans. *Tu n'as rien fait pour moi quand j'étais à ta place. Je suis revenue. J'appartiens de nouveau au monde des vivants. Et, pour les vivants, les*

*choses doivent avoir un lien. Du moins elles doivent sembler
en avoir un, même si on ne fait que tenir les bouts ensemble
avec nos mains. Je vais peut-être réapprendre à le faire
pour moi et pour les autres. Ne me demande pas de le faire
pour toi.*

Tout le monde la félicitait d'aller si bien et de ne
boiter presque plus. (Ce n'était pas vrai. Quelque chose en
elle hésitait encore.) L'infirmière à domicile ne venait plus
qu'une fois par semaine. Flo faisait à présent de la bicyclette
stationnaire pour renforcer les muscles de sa cuisse. Ses
filles amenaient leurs enfants la voir (Grand-maman était
maintenant plus présentable, presque redevenue elle-même.
Ou était-ce ce qu'ils pensaient? Que voulait dire ce «elle-
même»? Des bribes de souvenirs. Des bribes d'émotion pour
accompagner les souvenirs). On l'encourageait à sortir et
elle le faisait un peu, clopinant dans la rue. *Lazare ressuscité,*
pensa-t-elle. *Ou comme tu es réapparue et que tout le monde
t'a bien regardée, vas-y, marche.*

L'été et une vague de chaleur au mois d'août. Elle était
certaine de cela, même du mois d'août. Il était tôt encore,
avec l'épaisse blancheur grise qui précède le soleil, et il
faisait très froid. Flo frissonnait dans sa robe légère. Sur
chaque banc dans le parc gisait un homme endormi,
enveloppé de journaux. Elle savait que cela existait, mais
elle ne l'avait jamais vu. (Les chômeurs, comme on les
appelait. «Souviens-toi des chômeurs», disait-on quand
quelqu'un gaspillait ou refusait de la nourriture.) Que c'est
affreux, pensa-t-elle en marchant près des bancs et en
piétinant le sentier de terre. Elle regarda des visages, si
fermement et pitoyablement endormis dans la quasi-clarté.
Certains de ces hommes, en fait la plupart, n'étaient pas
plus âgés qu'elle. Elle se demanda s'ils se connaissaient,
s'ils formaient une confrérie, chacun ayant son banc bien à
lui, ou s'ils avaient atterri là par hasard après un jour
d'errance.

Elle avait le coeur brisé. Elle était restée couchée,
malheureuse, toute la nuit, s'était levée débordante d'énergie

pour cette promenade matinale au parc Queen. *Je ne peux pas le supporter,* pensait-elle. *Je ne peux pas supporter de vous voir dormir ici. Et j'en ai le coeur brisé. Le coeur. Brisé. Je ne peux pas le supporter. Je ne peux pas et je ne le veux pas.* Elle se serrait dans ses propres bras, et pleurait en marchant, entre les bancs d'hommes endormis.

La scène était revenue juste comme elle s'éveillait, avec elle au centre, étreignant sa rage. *J'étais,* pensa-t-elle, *cette jeune fille en colère qui affirmait l'importance de son chagrin. Pas douce. Impétueuse. Forte.* (La guerre était bientôt venue, elle remontait le temps pour le dire aux hommes qui dormaient. Vous avez servi à quelque chose après tout. Vous pourriez même dire que cela nous a tous sauvés.)

Mais quand exactement? Qui? Trop tôt pour Philip. Et rien au sujet de Philip ne l'aurait envoyée, le coeur brisé, dans le petit matin. Elle essaya de se placer derrière la scène, mais n'y parvint pas. Elle essaya de ramener ce moment. (Elle avait déménagé si souvent à son arrivée dans cette ville. C'était si facile à cette époque. Déménager. Regarder. Espérer.) Si elle pouvait se rappeler par quel côté elle était entrée dans le parc, cela pourrait l'aider à mettre le doigt sur...

Est-ce que c'était important? Une dispute, la veille au soir, une promenade désespérée à l'aube. *J'étais, j'avais cela. Toute ma vie. J'aimais avec ferveur, je sentais mon univers s'écrouler après une brouille ou une mésentente.* De nouveau elle sentit le pas énergique de ses jeunes pieds, cherchant à briser la croûte de la terre. Sottise. Merveille. À ta portée. Reprends-le.

Triomphante et terrifiée, elle voulut s'en saisir puis, doucement, tout s'éloigna. Pour la première fois depuis sa maladie, elle se couvrit le visage et se mit à pleurer.

Et le cheval se cabra.

Blood and Bone

Because Fran's new job, as executive director of a small avant-garde film-maker's guild, was reported briefly in several newspapers, her daughter, unnamed by Fran, called (and this was the first jolt) Shirlene by her adoptive parents, was able to get in touch with her. Luckily Fran was alone in her office when the call came through. With an extraordinary sense of lightness and disconnection, as if her new desk, the still unassimilated view of scabbed warehouse walls and perfunctory trees, even the chair she sat on were falling away from her and she was floating, Fran listened to that first question: "Does May 22nd, 1963, mean anything to you?" then a rattle of half-coherent speech in the same odd scraped little voice, about how the girl (Shirlene) had obtained Fran's surname McDiarmid (which she mispronounced) from the Children's Aid, had been calling people, talking to Parent Finders, for six months. And would catch the next bus from Ottawa, had she explained that part, she was up there studying at Carleton, and would be in Toronto by —

"I have a better idea," Fran said, her first utterance, it occurred to her, since she'd admitted (in words she could no longer remember) her connection with that day in 1963.

As Shirlene must realize, things were a bit hectic at the moment, there'd be only odds and ends of time. But as it happened, she had to be in Ottawa herself next Monday, she'd fly up Friday night, Shirlene should come round for breakfast Saturday, call her from the lobby of the Lord Elgin at half past eight.

But she'd just spoken her name to the desk-clerk Friday night when the hand touched her. She turned, met eyes — blue, level with her own, behind glasses — a wide smile.

"Yes," said the telephone voice, "it's me. I couldn't wait till tomorrow. I just couldn't. I've been standing here," the smile broadened, "since seven o'clock."

"Fine. I don't know about you but I could use a drink. The bar here's fairly pleasant. A bit mixed as to clientele but a shade less cheerless than the rooms. Suppose you grab us a table while I —

"Oh I don't drink," the girl said and Fran realized what gave the voice its queer pinched sound. It was strained through that smile.

"Coffee then? Because I'm afraid that if you're a herb-tea freak —"

The girl said that she could drink ordinary tea. "When I have to," she added.

"We'll go down to the restaurant then. It's Murray's isn't it? Well, *faute de mieux*." The smile made no response. Fran was about to say more about the rooms, the clattery air-conditioning which, as she recalled, couldn't be turned off, then realized that there was no way to explain that what she wanted, needed even, was padding, at least for the first while.

She finished registering, conscious of those eyes upon her back, left the girl, who'd trailed her to the elevator, in the hallway, still smiling that set but excited smile.

The room was as dingy as she'd expected. There was no time to arrange her thoughts, as she'd planned to do tonight in the strange room, or even redo her face though it too, she thought, could use padding. The girl was so clearly impatient. Why do I keep calling her the girl, she wondered.

Because my daughter was airy, light; whenever I could let myself think of her she was running. And the girl waiting downstairs was bulky, big, rosy and freckled, with sandy-textured sand-coloured hair in lumpy curls.

All week since the call, she'd found herself examining the young women film-makers who came into the office – an anorexic crew, their hair lank or spiky around pinched little faces. Like that one? she'd ask herself. Like that one? And last night, lying beside Terence, the radio talk show host with whom she shared occasional nights, she'd felt so apprehensive (of that light flitting creature, her abandoned daughter) that she'd almost confided in him. Terence knew about the child. She'd told him one night when they were both a little drunk. She wasn't sure why; he was in one of his analytic moods and had ways of making her talk. She'd felt depressed about the collapse of her latest job with no substitute in sight. He'd said very little but since then she'd often noticed him examining her, deciding something, she thought, or perhaps just acknowledging something already decided.

She drew a comb through her newly cut, raggedy hair, yanked at her match-thin skirt. It hadn't occurred to her to dress in any special way but now she felt herself too tight, too stylish, trivial even. Well, *faute de mieux*, she thought, picked up her bag, and went down.

"I should warn you I may not be good at this." There were only half a dozen others in Murray's – so much for padding – and three waitresses loitering near the coffee-station. "You'll make allowances?" She smiled nervously, meeting the girl's smile, forgot what she'd meant to say, was relieved when a waitress wandered over and she could order tea for Shirlene (who declined food), coffee and a sandwich she didn't want for herself. "You don't mind if I smoke while we wait? Though I'm afraid that even if you do mind –" Another attempt at lightness died against that smile. "How much do you know about me?" The smile, which seemed not to have changed unless to stretch wider, gave her no help.

"Then suppose I fill in the gaps. I'm forty years old. Less a month. I was – am – an only child. I grew up in Toronto and, except for a few months in Sault Ste. Marie, for a purpose you know, I've always lived there. I was married briefly in my twenties but I didn't have any – any more children. So if you were hoping for swarms of new relatives – perhaps it's as well – I've noticed those mammoth reunion scenes in the papers, people one wouldn't want to have anything to do with. True, there's my mother – my father died five or six years ago – but she's old. I think on the whole –" She thought of her mother's face, pouched and draggy now, beginning to be less the face of the abrupt nervous woman who'd always been able to find cracks in her, becoming simply the face of an old person. But still able to hurt.

"So what else?" she said. "I have a fairly useless B.A., artistic inclinations but no corresponding talents, so I've worked at various jobs on the fringes of the arts, organized film festivals and arts conferences, been executive director of this and that. I seem to enjoy helping groups get on their feet. But they're usually sickly and can't walk very well or far, the present one's limping already, I'm afraid. And if they can walk I lose interest. But apart from that tendency to chop and change I don't think there are any serious –" She was afraid to look up, in case the smile had become fixed again and she'd smile inanely in return. "Isn't that what you wanted? To find out about –" While I've sat here being myself – deprecating, rueful – the self, let's face it, that I put on when I'm trying to charm someone. "Or do you want me to explain why I gave you up? I hadn't any choice. Honestly, I hadn't."

"Oh, I forgave you for that," the girl said. "I forgave you ages ago."

"Did you? Then I'm glad." Surprised too by something, almost an indulgence, in the flat, rather blurred voice. "Well, I'm curious even though you don't seem to be. Do you still live in the Soo? When you're not at Carleton?"

"I don't even remember the Soo," the girl said. "The folks moved to Toronto when I was two. We have our own home in East York."

"And do you have a good relationship with – your folks?"

"Yes. I was lucky. They're good Christian people. They gave me a good Christian upbringing in a good Christian home."

Fran waited but there was no more. And she had no right to prod. "Do they know about this?" she asked and, when the girl shook her head, "Shouldn't you have told them?"

"They've always said I shouldn't intrude on your life, that forgiveness was between you and the Lord Jesus, so as long as I prayed for you and they prayed for you –"

"I see." She used, especially at the beginning, to make them up in various ways because, though she couldn't risk imagining the child too clearly, she'd needed a picture of them – the Madonna mother, slow, gentle-moving, the strong father swinging the child onto his shoulder. Far away in a city of which she'd seen little except that church-sponsored refuge and the hospital. And now she didn't have to imagine them. The "home" in East York is a tacky little bungalow, she thought, the man sells shoes in Eaton's, they feel threatened by the "Pakis" they see on the subway (but nowhere else), their speech is flat and loose, they drop their g's, they'd despise women like me if they had any notion that we existed. And they hadn't even known what to feed her. The flush on the girl's cheeks wasn't from health, as she'd believed; the skin was scaly, chapped. And her teeth, though white, were thin looking, fluted.

The girl, she saw, was watching her. Her eyes, of so light a blue they seemed flat, intent above the smile. "I guess I must look like him," she said. "My father."

So that's what it was, a simple search for resemblance, anchoring. "I've been thinking about that too," Fran said. "I can't see that you look much like either of us." Like Chat's other daughters perhaps, she thought. There'd been a picture on his office desk – two not-quite-blonde girls with doughy faces, clumsy mouths. Lumps, she'd thought, and blamed his wife.

"I hope you'll tell me his name," the girl said. "Though I can understand that you might not want even to think of him after he deserted you and all. But I'd like to . . . well, tell him –"

"That you forgive him too. Is that the whole point of this –?" She steadied her voice. "You're too late. By about six years. He's dead." She stirred the coffee which seemed to have appeared (and begun to cool) in front of her. "Hasn't it occurred to you that if either of us had felt a need for forgiveness we might have preferred to ask for it ourselves?"

"Oh I hope you did. Often when I was praying for you I used to imagine you and him praying too."

"Well, I wasn't. And out of my knowledge of your father" (words she'd never used, even in her mind – the child had been wholly hers) "I'm ready to swear he wasn't either." The smile was so extended now it showed paleness inside the lips. "Tell me," Fran said. "What made you decide to go against your folks and forgive me in person?"

The girl looked down, flushed. When her eyes came up, they were brilliant. With tears. A few actual slipping tears. "You see, a wonderful thing happened. I've been saved. You know, born again. Me and my three girl friends, we were in my room, wondering how we could give our lives more meaning, when suddenly Our Lord spoke."

"In words? Never having had such an experience myself –"

"Well, we heard him. We all heard him. And vowed there and then to devote our lives to His service." The words tumbled now. "One of my three girl friends writes these really great gospel songs and we all play guitar. So this summer after we graduate, we're going to go forth and preach the Word."

"Isn't that a bit presumptuous?" Fran said. "If you want to help people, aren't there other needs – hunger, injustice?"

"Oh that's just social work. You don't have to be a Christian to do that. What we feel is we've been given a very precious thing and we must share it. So as soon as we've made everything right in our own lives, we're going to go out onto the street. Wherever two or three are gathered together." The smile was suddenly smug. "That's a prayer," she said.

"Yes, it's an Anglican prayer. There am I in the midst of them. That's how it goes. I had a good Anglican upbringing. Not good enough for you and your folks perhaps or you and your friends. Damn it," for she'd identified the smile. She'd seen it on street corners, on the television screen. Anyone not lost beyond recall, it said, would be bound to agree with me. "How dare you forgive me and your – your father for something you know nothing about? I didn't see you after you were born. I heard you give a single disconsolate wail. Then they took you away. The Children's Aid thought that was best. So did your father. He did as much for me, for us, as he could. He had other commitments. Children. So I had to go away to have you alone. I won't load it on you, the physical things, having my breasts bound to stifle the milk. I'd tell myself I'd done the right thing. Then I'd hear that crying, getting fainter as they carried you away. It went on for years. I'd hear it and ask myself how much of the crying was anger, how much grief." All through that first hungry promiscuous time. Worse after she married Keith. She didn't tell him but he was far enough into his medical studies, he knew about women's bodies. And they were young, they couldn't handle it. Poor Keith, she thought, of whom I tried to ask too much. Another child. A life. Something to still the crying. Well, Keith was a prosperous urologist now, an unrepentant extra-biller, she sometimes ran into his wife on arts committees. "So that's what your sinful mother was doing," she said, "while you and your folks were praying for her. She was listening to her daughter crying."

Shirlene had neglected to take away her smile. Tears were sliding down her cheeks. "Oh I didn't know," she said.

"No, of course you didn't. How could you?" Fran said. "But please. Don't cry. I didn't mean to –"

"Fornication was bad enough but now you tell me it was adultery." She sobbed.

"Damn those people! They made you feel guilty."

"No. No, they didn't. You're wrong. They're not like that. They said it wasn't my fault. They said it and said it." She sniffed weakly, groped for her bag. "I think I'll just go now."

To her born-again friends. People who used words like fornication and adultery and made an important distinction between them. They'd know how to console her.

Half turned away now, the girl was trying to reach round her glasses to mop at her eyes.

"You'll be back tomorrow though?" Fran said. "For breakfast? As we arranged?"

"What's the use? You laugh at me and then you tell me things that make it all worse. It wasn't supposed to be like this."

"I'm sorry. I have a bad habit of levity. I warned you I mightn't be good at this. So please. Meet me in the lobby at eight thirty. I may not know much about your Lord Jesus but I can't believe he'd want you to walk out on me just when I've found you."

Not that smile again, she begged. Not that wide excluding infinitely complacent stretching of the rather pulpy lips. But her daughter's face was sober as she said with a little catch, "Okay."

"She's not just yours," Chat said and snatched the child from her arms. All night she ran and couldn't run, at times light, a wisp she couldn't control, then heavy, rooted, listening to their laughter, always just ahead of her, in brightness she could sense but couldn't see, would never see, she knew. It isn't fair, she thought, even said aloud, cried out, because no matter how hard she tried she would remain behind in shadow, empty.

"I'm going to tell you about your father." They'd had a cautious breakfast and taken the elevator to Fran's room.

The rain that had been falling in silent streaks when she awoke at six o'clock was falling still. Fran had tried without success to turn off the noisy air-conditioning. The room smelled of regurgitated cigar smoke. "I didn't think I would but I've changed my mind," she said. (Because you said, "It wasn't supposed to be like this"? Because Chat told me in a dream that it was all my fault, I'd let you be given to terrible people, placed an intolerable burden on his child? Or was that what he'd told her?) She'd wakened, aware for the first time in years of the crying child. And of Chat's face and presence, which so seldom came back to her now; even on that drunken foolish night when she'd confided in Terence, she'd had no real sense of him.

Perhaps if I tell it very simply, she thought, no irony, no words meaning more than they say, she'll realize there's no guilt she must assume. Or was it all more selfish? Having suffered for this girl, she must prove her worthy of the suffering.

"Can we leave the Lord Jesus out of it?" she said. "When I'm through, you can go off and pray or sing hymns on the street, anything you like."

"Okay." The girl was sprawled in the big chair, her jeans stretched to whiteness over her heavy thighs.

"I was eighteen," Fran said, "and had just finished high school. Your father was sixteen years older. His wife had taken their children to England and he was holed up in a friend's cottage on Georgian Bay near where my parents had a summer place, working on a new course for the autumn; he taught at U. of T. We met one day in a little cove near his place. My mother and I had reached the point with each other where I could scarcely breathe without enraging her, and as there weren't any young people my age, things were pretty tense except week-ends when my father came up. So I'd take off after breakfast and spend all day at the cove. It was a marvellous place, half-hidden by an upthrust of rock with more rock in folds all around it – you know that pinky-grey granite, sprinkled with mica flecks –" though perhaps she didn't know, vacations to her folks probably meant two weeks at Wasaga Beach. What a snob I am, she thought. That's part of the trouble, the sense that she doesn't know any of the things, even the words I know.

"I'd dragged my canoe up into one of the folds," she said, "and was swimming around without my bathing suit when your father came clambering down, stripped, anchored his clothes with a rock, tucked his glasses beneath them — that's one thing you got from him, you're short-sighted too, aren't you? — and waded in." The first man's body she'd seen — thick at belly and waist, ferned so surprisingly with hair — sharp against rock and astringent sky, then shimmering towards her in the water.

"He didn't see me till he was almost on top of me," she said. "I don't know which of us was more embarrassed. We swam around for ages, talking vaguely to show we weren't feeling awkward, looking firmly at each other's faces. The sun left the cove. I was freezing so I said, 'Look, turn away so I can get out and when I'm dressed, I'll holler and turn away.' " Was that how it was? Idyllic, a bit simple-minded? I felt foolish. Outraged because he'd invaded my private place and wouldn't do anything to help me. Powerful in a strange way. Or is that true? How much do I remember? Oh why did I start this? she thought. Speaking to myself as much as to her, not sure what I remember or don't remember.

"This part you must try very hard to understand." She glanced at the girl. Behind her the rain still plunged, darkening the room. The smile, which had flickered on and off during breakfast, was absent now. "He didn't seduce me," she said. "We were fifties people. I was a virgin. He'd married young." ("And one day there was this terrible thunderstorm," she heard her voice going drunkenly on to Terence. "We grabbed our clothes and ran and at some point — in the doorway, I think — we collided and it was thunder and lightning all over again.")

"It just seemed to come naturally," she said now. "Out of the place. Out of being together day after day. If anyone was at fault, it was me. I played the role of mystery girl from the deeps, I wouldn't tell him my name or where I lived, and I pretended to be older. He couldn't see too well without his glasses. He was upset when he discovered I wasn't really twenty-four." Appalled that what he must have thought of as a pleasant summer diversion had turned into a poor little ex-virgin weeping and snuffling in his borrowed bed. And I hated him, hated sex, hated everything about it. And two days later I was back at the cove, terrified that he wouldn't want to make love to me again. I felt obsessed, half crazed by my changing moods of wanting and not wanting, dreading and longing. He must have been as obsessed as I was because he never sent me away.

"We used to spend hours in the water together," she said. Laughing as we dove round and over each other. And the cold shock of his penis the time he swam over me and took me while we were swimming. We did have our bold lovely times. He said he'd remember that till he died – did you, Chat? – and I clung to him gulping, half drowned and laughing. "I used to feel beautiful," she said, "as I never did before or since." Because I never again had an academic lover with quotations for every occasion. Shakespeare, Marvell, Donne. It all spilled down on me.

"So that's what you came from." The girl's face and body were dim as if she too were under water. "Though I didn't find out," Fran said, "till I was back in Toronto and starting my first year at university. I was still seeing your father." Rushed humbling couplings – in his car, twice in a sleazy unsound-proof room in the Selby Hotel, once on his office desk. Through it all the sound of her own voice – fussing, railing, demanding more time than he could give her. But he wanted me too, I swear. He couldn't break away from me.

"He did everything he could," she said, "found a place for me to go, gave me money, coached me in the story I was to tell my parents." After those two awful nights in the motel when he fed me gin and quinine till my ears rang, while I half-scalded myself in hot baths. I cried and cried, knowing that if I didn't miscarry I'd lose him forever. "I was supposed to be working in the Soo," she said. "Taking time off to find myself as people were beginning to do in those days. We still saw each other for about a year afterwards. Till he got another job and left town." Poor Chat. He must have been afraid he'd never be rid of me. Always running into me on the campus. They had a rule that they didn't speak on those occasions but when she felt too miserable she'd place herself in his way so he'd have to look at her. Or rush uninvited to his office. And sob. Talking talking talking. Wanting him so badly but only once – the day he told her he was going away – he locked his office door and made love to her on the floor.

"He was the only person I could talk to," she said. (And he let me. Sitting there, looking down. The one time he used the words "my daughter," I screamed, "How dare you call her yours when you wouldn't even come and visit me in that terrible place?") "I felt so false," she said, "having to chatter about dates and parties with my friends, act like an ordinary rebellious teenager with my parents." I still live like that, she thought, within limits set by what people think they know of me, even in my thoughts, most of the time. Only Terence knows (and Keith if he remembers) and Terence, I think, is using the knowledge for purposes of his own. It isn't fair, she thought. Shirlene can live openly. Chat could show who he was. I've had to run behind in shadows, the scapegoat for them both.

"It may not be much of a story," she said. "But it wasn't just cheap and nasty – or a seduction." The girl's face still had that underwater look. A big girl melting away. A big silent girl. "It's cost me a lot telling you this," Fran said.

The girl hesitated. Her lips moved as if she were trying to smile. "You haven't told anything important though. Like did he repent? Did he confess to his wife?" and when Fran simply stared at her, "Well, did he?"

"I doubt it," Fran said.

"Then how could he live?"

"With difficulty, probably, as most of us live. Is that all you got out of it?"

"No, it wasn't all." The smile was beginning to come back – flat, indulgent, vaguely pitying. "Perhaps I shouldn't say it though. You don't like it when I say things."

"Of course you can say – whatever it is. Who has a better right than you? But try to understand. Your Lord Jesus doesn't rule out understanding – or compassion. In fact, it's his trade – his *métier* Heine called it."

"Oh, why are you so snobby, always talking French?" The girl was no longer lolling. She was sitting upright. "I listened like you told me. I noticed how you kept stopping, then trying to make excuses for yourself. Because you realize you had it coming, you deserved to be left. Swimming around naked with a strange man. Telling lies. He must have despised you," and before Fran could interrupt, "You weren't completely bad though. You accepted the consequences of your sin. You let me be born. But now, instead of atoning, you live a useless life working for those artsy groups. I was telling my three girl friends. They couldn't get over it."

"You mean you let those kids paw over my life?"

"It's not too late though." The smile was bland. "Because I can see that whether you admit it to yourself or not –"

"How in hell would you know what I admit to myself or don't admit? A silly little girl who can't open her mouth without showing how little comprehension, how little sense of what other people – Try to remember that next time you think of telling someone she isn't completely bad. And proposing to go out and preach to the heathen. People won't even be offended, they'll laugh. They will" – for Shirlene was trying to speak – "they may listen if the songs are as great as you say but the minute you open your mouth looking the way you do, they'll laugh."

"What's wrong with the way I look? You're just jealous because you haven't found what I've found."

"I don't believe you heard anything that day," Fran said. "You just talked yourselves into thinking you did. And now it's become an ego trip – an excuse for not looking at the real world, which is a bit more complex than you and your silly gang of little –" The girl was leaning forward, fists on knees, her face white except for the scaly patches on her cheeks. They could go on like this, Fran knew, as mothers and daughters do, finding cracks, spots that could hurt.

(Though she's never said the word. I wonder why.) "But we're not," Fran said, "I gave you away. I can't get you back. I don't even want to get you back. Not now. So late. So go, will you?" To her surprise the girl had begun to rise to her feet, seemed to rise very slowly, perhaps because she was so bulky and so tall. "I've upset you in all sorts of ways," Fran said. "I'm sorry. Try to forget the last two days. And me. Pray. Pity me. Sing your great gospel songs on the Yonge Street strip. Anything. Anywhere. Just go. Please, Shirlene." Speaking the name, she realized, for the first time.

The girl wasn't quite smiling and she was still pale, but her eyes were bright. "See you," she said. "In Toronto. After term ends."

"No," Fran said. "I won't." Learn all I'd have to learn, so late, starting back at the beginning. Hurt and go on hurting, while inside I'm saying (though this part I won't have to learn, I seem to know it already): this child must not suffer, even at my hands. "Surely you don't want it either," she said.

The smile came out on her daughter's face, wide and benevolent, showing the undersides of the lips. "Oh I want it all right," Shirlene said.

En chair et en os

Traduction de Suzanne Saint-Jacques Mineau

Plusieurs journaux avaient consacré quelques lignes à la nomination de Fran au poste de directrice administrative d'une petite compagnie de cinéastes avant-gardistes. Voilà pourquoi sa fille, à qui elle n'avait pas donné de nom mais que ses parents adoptifs avaient appelée Shirlene (ce fut son premier choc), a pu la contacter. Heureusement que Fran était seule dans son bureau lorsqu'elle a pris l'appel. Elle a écouté la première question avec un sentiment extraordinaire de légèreté, d'irréel, comme si elle flottait dans les airs, comme si tout se désintégrait autour d'elle, sa table de travail, la vue encore toute nouvelle des entrepôts lépreux et de quelques arbres plantés là pour le décor, sa chaise même. «La date du 22 mai 1963 vous rappelle quelque chose?» Maintenant, c'est un crépitement de phrases à peine cohérentes de la même petite voix bizarrement étranglée: comment elle, Shirlene, a obtenu le nom de Fran (McDiarmid, qu'elle n'arrive pas à prononcer correctement) par l'entremise de l'Aide à l'enfance, tous les gens qu'elle a appelés pendant six mois, ses démarches auprès d'une association de recherche de parents. Elle prendra le prochain autobus en partance d'Ottawa. Lui a-t-elle dit qu'elle est étudiante à l'Université Carleton? Elle sera à Toronto vers...

«J'ai une meilleure idée», interrompt Fran, ses premiers mots, réalise-t-elle, depuis qu'elle a admis (elle ne se souvient plus en quels termes) connaître cette date de 1963. Comme Shirlene doit bien s'en douter, sa vie est un peu chaotique en ce moment et elle ne dispose que de peu de temps libre. Mais elle doit justement être à Ottawa lundi prochain. Elle prendra l'avion vendredi soir, Shirlene pourrait venir au *Lord Elgin* pour le petit déjeuner samedi matin, disons qu'elle pourrait lui téléphoner du hall à huit heures trente.

Le vendredi soir pourtant, à peine Fran a-t-elle donné son nom à la réception qu'une main l'effleure. Elle se retourne et voit, derrière des lunettes, des yeux bleus à la hauteur des siens, ainsi qu'un large sourire.

— Oui, dit la voix entendue au téléphone, c'est moi. Je ne pouvais pas attendre jusqu'à demain. Je ne pouvais vraiment pas. Je suis ici, et le sourire s'élargit, depuis sept heures.

— Parfait. Je ne sais pas ce que tu en penses, mais moi, un verre me ferait le plus grand bien. Le bar est assez agréable ici. La clientèle est un peu hétéroclite, mais c'est moins lugubre que la chambre. Que dirais-tu d'aller nous choisir une table pendant que...

— Ah! mais je ne bois pas, proteste la jeune fille, et Fran découvre ce qui donne à la voix ce bizarre son étranglé. C'est une voix toujours tamisée par un sourire.

— Un café, alors? Parce que si tu es une in-conditionnelle de la tisane, j'ai bien peur que...

La jeune fille déclare qu'elle boit du thé à l'occasion, en ajoutant «lorsque je ne peux pas faire autrement».

— Dans ce cas, descendons au restaurant. C'est un Murray, n'est-ce pas? *Faute de mieux* *, ça ira.

Le sourire ne flanche pas. Fran est sur le point d'ajouter des commentaires sur les chambres, sur les climatiseurs bruyants qui, autant qu'elle s'en souvienne, ne peuvent être arrêtés, puis elle se rend compte qu'il lui est impossible d'expliquer ce désir, ce besoin même de se protéger, du moins pendant les premiers instants.

---

* En français dans le texte.

Elle finit de remplir sa fiche, consciente des deux yeux fixés sur son dos, et abandonne dans le hall la jeune fille qui l'a suivie jusqu'à l'ascenseur avec le même sourire figé, mais excité.

La chambre est aussi minable qu'elle le prévoyait. Elle n'a pas le temps de mettre de l'ordre dans ses pensées, comme elle avait eu l'intention de le faire ce soir-là dans cette chambre inconnue, ou de refaire le maquillage de son visage qui, lui aussi songe-t-elle, aurait bien besoin d'être protégé. De toute évidence, la jeune fille se meurt d'impatience. *Pourquoi est-ce que je continue de l'appeler la jeune fille?* se demande-t-elle. *Parce que ma fille était vaporeuse, légère; chaque fois que je me permettais de penser à elle, je la voyais en train de courir. Et celle qui attend en bas est lourde, grosse, avec des joues rouges et des taches de rousseur, des cheveux aux boucles rêches qui ont la texture et la couleur du sable.*

Toute la semaine, depuis le coup de téléphone, elle s'est surprise à examiner les jeunes cinéastes qui pénétraient dans son bureau, un groupe de femmes anorexiques, avec des cheveux droits ou hérissés autour de petits visages crispés. Comme celle-ci? se demandait-elle. Comme celle-là? La nuit dernière, couchée à côté de Terence, l'animateur d'une émission radiophonique de variétés avec qui elle partage parfois ses nuits, elle ressentait une telle appréhension (de voir cette créature vaporeuse et vive, sa fille abandonnée) qu'elle était venue bien près de se confier à lui. Terence connaissait l'existence de l'enfant. Elle lui avait tout raconté un soir qu'ils étaient un peu ivres tous les deux. Elle ne savait pas exactement pourquoi; il se sentait parfois l'âme d'un analyste et il avait su la faire parler. Elle était déprimée parce que son dernier emploi avait été un échec et qu'il n'y en avait pas d'autre en vue. Il avait été avare de commentaires, mais, depuis, elle le surprend souvent à l'observer, comme s'il était en train de se faire une idée, pense-t-elle, ou peut-être de vérifier une idée déjà arrêtée.

Elle passe un peigne dans ses cheveux fraîchement coupés en mèches inégales et tire sur sa jupe étroite. Il ne lui est pas venu à l'esprit de s'habiller de façon particulière, mais maintenant elle se sent trop moulée, trop à la mode, sans aucune originalité. Eh bien, *faute de mieux*, se dit-elle en saisissant son sac à main pour redescendre.

— Je dois te prévenir que je ne serai peut-être pas très habile. (Il n'y a qu'une demi-douzaine de convives dans le restaurant difficile de se protéger ici et trois serveuses qui flânent près du comptoir à café.) Tu sauras faire la part des choses?

Elle sourit nerveusement, bute sur le sourire de la jeune fille, oublie ce qu'elle allait dire, accueille avec soulagement l'arrivée d'une serveuse et peut s'occuper de commander du thé pour Shirlene (qui refuse toute nourriture) et, pour elle, un café et un sandwich dont elle n'a pas envie.

— Cela ne te dérange pas si je fume en attendant? De toutes façons, j'ai bien peur que, même si ça te dérange... (Une autre tentative de frivolité a échoué contre ce sourire.) Que sais-tu de moi?

Le sourire, qui ne semble pas avoir changé, à moins qu'il ne se soit élargi, ne lui est d'aucun secours.

— Je ferais peut-être aussi bien de remplir les trous. J'ai quarante ans. Moins un mois. J'étais... je suis une enfant unique. J'ai grandi à Toronto et, à l'exception de quelques mois passés à Sault-Sainte-Marie pour une raison que tu connais, j'y ai toujours vécu. J'ai été mariée quelques années au début de la vingtaine, mais je n'ai pas eu d'enfant... je n'en ai pas eu d'autres. Si tu espérais une nuée de soeurs ou de cousines... ça vaut peut-être mieux ainsi... quand je vois ces réunions de famille monstres dans les journaux, des gens à qui j'aime autant ne pas avoir affaire. Il y a ma mère, bien sûr mon père est mort depuis cinq ou six ans mais elle est vieille. Pour tout dire, je pense...

Elle évoque le visage de sa mère, bouffi et terne maintenant, de moins en moins le visage de la femme sèche et nerveuse qui détectait toujours ses failles, et de plus en plus le simple visage d'une vieille femme. Encore capable de blesser, pourtant.

— Quoi d'autre? J'ai un Baccalauréat ès arts passablement inutile, des goûts artistiques mais sans le talent qui va avec. C'est pourquoi j'ai occupé divers emplois dans les coulisses du monde des arts, comme organisatrice de festivals de films et de conférences sur l'art, directrice administrative de ceci ou de cela. Je prends plaisir, il semble bien, à aider des groupes à démarrer. Mais, habituellement, ils ne sont pas très vigoureux et ne peuvent jamais fonctionner pleinement ou aller très loin; je crains que celui dont je m'occupe en ce moment soit déjà un canard boiteux. Par contre, lorsqu'ils fonctionnent bien, je perds tout intérêt. À part cette tendance à couper les ponts et à recommencer à neuf, je ne crois pas avoir de sérieux... (Elle n'ose pas relever la tête, de peur que le sourire ne se soit de nouveau figé, de peur de devoir sourire idiotement à son tour.) Est-ce que c'est ça que tu voulais? Découvrir qui...

Je suis là à essayer d'être moi-même, pleine de désapprobation et de dérision, mais je dois bien admettre que c'est le personnage que j'adopte lorsque j'essaie de charmer quelqu'un.

— Veux-tu plutôt que je t'explique pourquoi je ne t'ai pas gardée? Je n'avais pas le choix. C'est la vérité, je n'avais pas le choix.

— Oh! C'est une chose que je vous ai pardonnée. Je vous ai pardonné depuis bien longtemps.

— Vraiment? J'en suis heureuse.

Surprise aussi par quelque chose, presque une teinte d'indulgence dans la voix terne, un peu voilée.

— Eh bien! moi, je suis curieuse même si toi, tu ne sembles pas l'être. Vis-tu toujours à Sault-Sainte-Marie? Quand tu n'es pas à l'université bien sûr?

— Je ne me souviens même pas de cette ville. Mes parents ont déménagé à Toronto lorsque j'avais deux ans. Nous avons une maison à East York.

— Est-ce que tu t'entends bien avec tes... parents?

— Oui. J'ai été chanceuse. Ce sont de bons chrétiens. Ils m'ont donné une bonne éducation chrétienne dans un bon foyer chrétien.

Fran attend, mais les paroles s'arrêtent là. Elle n'a pas le droit de poser des questions indiscrètes.

— Sont-ils au courant de cette rencontre? demande-t-elle, et lorsque la jeune fille fait non de la tête, elle ajoute :

— Tu aurais peut-être dû leur en parler?

— Ils m'ont toujours dit que je ne devais pas m'immiscer dans votre vie, que votre pardon était une affaire entre vous et le Seigneur Jésus, et qu'aussi longtemps que je priais pour vous et qu'eux aussi priaient pour vous...

— Je vois.

Elle avait l'habitude, surtout les premiers temps, de les imaginer sous différents traits; elle ne pouvait risquer de se représenter l'enfant avec trop de précision, mais elle avait besoin d'une image d'eux, une mère au visage de madone, aux gestes lents et doux, un père fort qui prenait l'enfant sur son épaule. Très loin, dans une ville qu'elle avait peu vue, si ce n'est le refuge parrainé par l'église et aussi l'hôpital. Maintenant, elle n'a plus besoin de les imaginer. *Le «foyer» d'East York est un minable petit bungalow,* pense-t-elle, *le père vend des chaussures chez Eaton, ils se sentent menacés par les «Pakis» qu'ils rencontrent dans le métro (mais nulle part ailleurs), ils parlent d'une voix terne et molle en laissant tomber la fin des mots, ils détesteraient les femmes comme moi s'ils savaient seulement qu'elles existent. Et ils n'ont même pas su la nourrir convenablement.* Ses joues rouges ne sont pas un signe de santé, comme elle l'a cru tout d'abord; la peau est pelée, fendillée. Et ses dents, quoique blanches, semblent minces, cannelées.

Fran se rend compte que la jeune fille l'observe. Les yeux, d'un bleu si pâle qu'ils paraissent éteints, demeurent attentifs au-dessus du sourire.

— Je suppose que je lui ressemble, dit-elle. À mon père.

C'est donc ça! Elle cherche simplement une ressemblance, un point d'ancrage.

— J'y ai pensé moi aussi, dit Fran. Selon moi, tu ne ressembles guère à aucun de nous deux. *Peut-être aux autres filles de Chat*, songe-t-elle. *Il y avait une photo sur la table de travail dans son bureau, deux fillettes pas vraiment blondes aux traits flous, aux bouches disgracieuses. Des pâtes molles, avait-elle pensé, en accusant la mère.*

— J'espère que vous allez me dire son nom, demande la jeune fille. Pourtant, je comprendrais que vous ne vouliez même pas penser à lui après avoir été abandonnée comme ça. Mais j'aimerais... j'aimerais lui dire....

— Que tu lui as pardonné à lui aussi. Est-ce là le seul but de notre... (Elle raffermit sa voix.) Tu arrives trop tard. Six ans trop tard. Il est mort.

Elle brasse le café qui semble avoir surgi devant elle et qui a commencé à refroidir.

— Ne t'est-il jamais venu à l'esprit que si nous avions tous deux senti le besoin de nous faire pardonner, nous aurions préféré demander nous-mêmes notre pardon?

— Oh! j'espère bien que vous l'avez fait. Souvent, quand je priais pour vous, je vous imaginais tous les deux en train de prier vous aussi.

— Eh bien non! je n'étais pas en train de prier. Et d'après ce que je connais de ton père (voilà un mot qu'elle n'a jamais utilisé, même dans sa tête, parce que l'enfant était entièrement à elle), je jurerais qu'il n'en faisait rien lui non plus.

Le sourire est si large maintenant qu'il découvre l'intérieur pâle des lèvres.

— Dis-moi, demande Fran, qu'est-ce qui t'a poussée à ignorer le conseil de tes parents et à venir me pardonner en personne?

La jeune fille baisse les yeux, rougit. Lorsqu'elle les relève, ils sont brillants, remplis de larmes, dont quelques-unes coulent sur ses joues.

— Voyez-vous, il s'est produit une chose extraordinaire. J'ai été sauvée. Vous savez, une nouvelle naissance. J'étais dans ma chambre avec mes trois amies et nous nous demandions comment nous pourrions donner un sens spécial à nos vies quand tout à coup le Seigneur nous a parlé.

— Avec de vrais mots? Comme, personnellement, je n'ai jamais vécu une telle expérience...

— Nous, nous l'avons entendu. Nous l'avons entendu toutes les quatre et nous avons tout de suite juré de consacrer notre vie à son service. Une de mes trois amies compose de magnifiques chansons évangéliques, poursuit-elle maintenant d'une voix excitée, et nous jouons toutes de la guitare. Alors cet été, une fois nos études terminées, nous allons aller prêcher dans le monde.

— N'est-ce pas un peu présomptueux? demande Fran. Si vous souhaitez aider les gens, n'y a-t-il pas d'autres besoins la famine, l'injustice?

— Ce n'est que du service social, ça. Il n'est pas nécessaire d'être chrétienne pour faire ça. Nous, nous croyons avoir reçu un cadeau très précieux et nous devons le partager. Dès que tout sera en ordre dans nos propres vies, nous irons prêcher dans les rues. "Chaque fois que deux ou trois seront réunis..." C'est une prière, ajoute-t-elle, son sourire devenant arrogant tout à coup.

— Oui, c'est une prière anglicane. "Je serai au milieu d'eux." Je connais les paroles. J'ai eu une bonne éducation anglicane. Peut-être pas assez bonne à tes yeux et aux yeux de tes parents ou de tes amies. Et puis zut!, car elle vient soudain de reconnaître ce sourire. (C'est le même qu'elle a vu aux coins des rues et sur les écrans de télévision. Celui qui n'est pas irrémédiablement perdu, disait-il, est forcément d'accord avec moi.) Comment oses-tu me pardonner et pardonner à... à ton père une chose dont tu ignores tout. Je ne t'ai pas vue après ta naissance. Je t'ai entendue lancer une longue plainte désolée, une seule. Après, on t'a emportée. Les gens de l'Aide à l'enfance disaient que c'était mieux ainsi. Ton père pensait de même. Il a fait pour moi, pour nous, tout ce qu'il pouvait. Il avait d'autres obligations. Une famille. J'ai dû m'éloigner et accoucher seule. Je te ferai grâce des problèmes physiques, de mes seins bandés pour arrêter la montée de lait. Je me répétais que j'avais pris la bonne décision. Puis j'entendais ce cri, plus faible à mesure qu'ils t'emportaient loin de moi. Cela a duré des années. Je l'entendais et je me demandais quelle proportion de colère et de peine il exprimait.

Cela avait duré pendant toute cette première période d'amours insatiables. Cela avait été pire après son mariage avec Keith. Elle ne lui avait rien dit, mais il était assez avancé dans ses études de médecine pour bien connaître un corps de femme. Ils étaient jeunes et ils n'avaient pas pu surmonter la crise. *Pauvre Keith,* pense-t-elle, *à qui je demandais beaucoup trop. Un autre enfant. Une vie. Quelque chose qui ferait taire le cri.* Il est aujourd'hui un urologue prospère qui n'hésite pas à facturer à outrance ses patients, et Fran rencontre parfois sa femme dans des comités d'artistes.

— Eh bien, voilà ce que faisait ta mère pécheresse pendant que toi et tes parents étiez en train de prier pour elle. Elle écoutait les pleurs de sa fille.

Shirlene n'a pas pris la peine d'effacer son sourire. Des larmes coulent sur ses joues.

— Je ne savais pas, dit-elle.

— Bien sûr que tu ne savais pas. Comment aurais-tu pu? Je t'en prie, ne pleure pas. Je ne voulais pas te...

— La fornication est déjà une chose terrible, et vous me dites maintenant que c'était un adultère, sanglote-t-elle.

— Quels gens stupides! À cause d'eux, tu te sens coupable.

— Non, ce n'est pas eux. Vous avez tort. Ils ne sont pas comme ça. Ils m'ont dit que ce n'était pas de ma faute. Ils me l'ont dit et répété. Je crois que je vais m'en aller maintenant, ajoute-t-elle en reniflant et en saisissant son sac à main.

Avec ses amies qui ont connu une nouvelle naissance. Des amies qui utilisent des mots comme fornication et adultère et font une distinction importante entre les deux. Elles sauront comment la consoler.

À moitié tournée, la jeune fille tente d'essuyer ses yeux sous ses lunettes.

— Tu vas quand même revenir demain? demande Fran. Pour le petit déjeuner? Comme nous l'avions prévu?

– À quoi bon? Vous vous moquez de moi, puis vous me dites des choses qui ne font qu'envenimer la situation. Ce n'était pas supposé se passer comme ça.

– Je suis désolée. J'ai la mauvaise habitude de prendre les choses à la légère. Je t'avais prévenue que je ne serais peut-être pas très habile. Alors, je t'en prie, viens me rejoindre demain dans le hall à huit heures trente. Je ne connais guère ton Jésus, mais je ne peux pas croire qu'il veuille que tu me quittes juste au moment où je t'ai trouvée.

Surtout, qu'elle ne ressorte pas son sourire, supplie-t-elle tout bas. *Pas ce sourire infiniment supérieur qui exclut, ce large sourire qui étire ses lèvres charnues.* Mais le visage de sa fille est grave lorsqu'elle répond avec un petit hoquet :

– O.K.

«Elle n'est pas juste à toi», a dit Chat en lui arrachant le bébé des bras. Toute la nuit elle a couru ou tenté de courir, tantôt légère comme un tourbillon incontrôlable, tantôt lourde et rivée au sol, écoutant leurs rires juste devant elle, dans une clarté qu'elle pouvait sentir sans la voir, qu'elle ne pourrait jamais voir, pressentait-elle. Ce n'est pas juste, s'est-elle dit; elle l'a même dit à voix haute en pleurant, parce que, malgré tous ses efforts, elle était condamnée à rester derrière dans l'ombre, dans le vide.

– Je vais te parler de ton père.

Leur petit déjeuner a été plein de prudence, puis elles sont montées à la chambre. La pluie, qui sillonnait silencieusement la fenêtre lorsque Fran s'était réveillée à six heures, tombe toujours. Fran tente sans succès d'arrêter le climatiseur bruyant. Une odeur écoeurante de fumée de cigare flotte dans l'air.

– Je n'avais pas l'intention de le faire, mais j'ai changé d'idée. *Parce qu'elle a dit que ce n'était pas supposé se passer comme ça? Parce que Chat m'a affirmé en rêve que tout était de ma faute, que je les avais laissés te confier à d'horribles gens, que j'avais chargé les épaules de son enfant d'un fardeau intolérable? Est-ce bien ce qu'il lui a dit?* Elle s'est réveillée, consciente pour la première fois depuis des années des pleurs de l'enfant. Et aussi du visage et de la présence de Chat à qui elle pense si rarement maintenant; même la nuit où elle s'est enivrée et confiée stupidement à Terence, elle n'arrivait plus à l'imaginer.

Peut-être qu'en lui racontant tout très simplement et sans ironie, pense-t-elle, *sans mots qui signifient plus que ce qu'ils disent, la jeune fille comprendra qu'elle n'a aucune culpabilité à assumer. Ou n'agit-elle pas plutôt par égoïsme? Après avoir souffert pour cette fille, elle veut la trouver digne de sa souffrance.*

— Peut-on laisser le Seigneur Jésus en dehors de tout ça? demande-t-elle. Quand j'aurai terminé, tu pourras t'en aller prier, chanter tes hymnes dans la rue ou faire tout ce que tu voudras.

— O.K., répond la jeune fille vautrée dans le grand fauteuil, son jeans tendu à craquer sur ses grosses cuisses.

— J'avais dix-huit ans, raconte Fran, et je venais de terminer mon secondaire. Ton père avait seize ans de plus que moi. Sa femme avait emmené leurs trois enfants en Angleterre, et il s'était cloîtré dans le chalet d'un ami dans la baie Georgienne, tout près du chalet de mes parents, afin de préparer un nouveau cours pour l'automne; il enseignait à l'Université de Toronto. Nous nous sommes rencontrés un jour dans une petite anse près de chez lui. Mes relations avec ma mère s'étaient dégradées à ce point que je pouvais à peine respirer sans la mettre en colère, et comme il n'y avait pas de jeunes de mon âge dans les environs, le climat était plutôt tendu, sauf en fin de semaine lorsque mon père venait nous rejoindre. Je quittais donc la maison aussitôt après le petit déjeuner et je passais toute la journée dans une anse. C'était un endroit merveilleux, à demi dissimulé par un éperon rocheux, avec de grands rochers plats à fleur d'eau tout autour... tu connais ce granit rosé parsemé de grains de mica... *Peut-être qu'elle ne le connaît pas, car, pour ses parents, les vacances devaient se réduire à deux semaines sur la plage bondée de Wasaga. Comme je suis snob,* pense-t-elle. *C'est là une partie du problème, cette impression qu'elle ne connaît aucune des choses, ni même aucun des mots que je connais.*

«J'avais tiré mon canot sur un des rochers et je nageais sans maillot lorsque ton père a surgi le long de la falaise; il s'est déshabillé, a posé une roche sur ses vêtements, a glissé ses lunettes sous la pile... c'est une chose que tu tiens de lui, tu es myope toi aussi, n'est-ce pas?... puis il est entré dans l'eau. *Le premier corps d'homme qu'elle voyait, les hanches fortes et le ventre plein si étonnamment couvert de poils, se détachant nettement contre les rochers et un coin de ciel, puis glissant dans l'eau vers elle.*

«Il était presque sur moi lorsqu'il m'a vue. Je ne sais pas lequel de nous deux était le plus embarrassé. Nous avons nagé longuement, nous parlant de temps à autre pour paraître naturels, nous regardant bien droit dans les yeux. Le soleil a quitté l'anse et je me suis mise à avoir froid. Je lui ai dit : "Vous voulez vous retourner pendant que je sors et que je m'habille. Lorsque je crierai, vous pourrez sortir à votre tour." *Cela s'était-il passé ainsi? De cette façon idyllique, un peu simpliste? Je me sentais stupide. Furieuse qu'il ait envahi mon refuge et ne fasse rien pour m'aider. Étrangement sûre de mon pouvoir. Est-ce bien vrai? Mes souvenirs sont-ils encore exacts? Oh! pourquoi m'être lancée dans cette histoire?* pense-t-elle. *Pour me parler à moi-même autant qu'à elle, incertaine de ce qui me reste en mémoire et de ce que j'ai oublié.*

«Il faut que tu fasses un très gros effort pour comprendre cette partie de mon récit.»

Fran jette un coup d'oeil à la jeune fille. Derrière elle, la pluie continue de s'abattre, obscurcissant la chambre. Le sourire qui est apparu de façon intermittente pendant le petit déjeuner a maintenant disparu.

— Il ne m'a pas séduite, poursuit-elle. Ça se passait dans les années cinquante. J'étais vierge. Il s'était marié jeune.

«Un jour, il y a eu un orage épouvantable, avait-elle raconté à Terence d'une voix empâtée par l'alcool. Nous avons saisi nos vêtements et nous nous sommes mis à courir et à un endroit quelconque, dans la porte je crois, nous sommes entrés en collision et ce fut de nouveau le tonnerre et les éclairs.»

— C'est venu tout naturellement, dit-elle maintenant à sa fille. À cause de l'endroit. Parce que nous étions ensemble jour après jour. S'il y a eu un coupable, c'est moi. Je jouais à la fille mystérieuse jaillie des eaux, je refusais de lui dire mon nom ou l'endroit où j'habitais et je prétendais être plus âgée que je ne l'étais. Sans ses lunettes, il ne voyait pas très bien. Il a été bouleversé lorsqu'il a appris que je n'avais pas vraiment vingt-quatre ans.

Horrifié de découvrir que celle qu'il avait sans doute considérée comme une délicieuse conquête estivale s'était transformée en une pauvre petite ex-vierge qui sanglotait et reniflait dans le lit de son ami. Comme je l'ai détesté alors, comme j'ai détesté faire l'amour et tout le reste. Pourtant, deux jours plus tard, je revenais dans l'anse, terrifiée à l'idée qu'il refuse de faire encore l'amour avec moi. J'étais obsédée, en proie à des états d'âme contradictoires, au désir et au refus, à la crainte et au besoin. Il devait être aussi obsédé que moi parce qu'il ne m'a jamais rejetée.

— Nous passions des heures ensemble dans l'eau, poursuit-elle. *Nous plongions en riant à tour de rôle l'un sous l'autre. Et le choc de son pénis froid, un jour qu'il a nagé au-dessus de moi et m'a pénétrée. Nous avons eu des moments fous et merveilleux. Il m'a dit qu'il se rappellerait tout cela jusqu'à sa mort t'en es-tu souvenu, Chat? et je m'agrippais à lui en riant, à moitié suffoquée par l'eau. Je* me sentais très belle. Comme cela ne s'était jamais produit auparavant, ni ne s'est produit depuis. *Parce que je n'ai plus jamais eu pour amant un universitaire qui avait une citation pour chaque occasion. Shakespeare, Marvell, Donne, il me les a tous servis.*

— Tu es donc née de cette rencontre. (Le visage et le corps de la jeune fille se brouillent devant elle, comme si elle était sous l'eau elle aussi.) Mais je ne m'en suis pas aperçue avant d'être revenue à Toronto et d'avoir commencé ma première année à l'université. Je continuais de voir ton père. *Des accouplements rapides, humiliants, dans sa voiture, deux fois dans une chambre sordide aux murs de carton de l'hôtel Selby, une fois dans son bureau. Et tout ce temps-là, le son de sa propre voix, capricieuse, querelleuse, exigeant plus de temps qu'il ne pouvait lui en donner. Pourtant, il me désirait lui aussi, je le jure. Il était incapable de rompre.*

«Il a fait tout ce qu'il a pu, reprend-elle; il a trouvé un endroit où je pourrais aller, m'a donné de l'argent, a inventé pour moi l'histoire que j'allais devoir raconter à mes parents. *Après deux affreuses nuits passées dans un motel où il m'a tellement bourrée de gin et de quinine que mes oreilles bourdonnaient pendant que je m'ébouillantais presque dans des bains brûlants. J'ai pleuré et pleuré, consciente que si je ne perdais pas le bébé, c'est lui que je perdrais pour toujours.* J'étais censée avoir trouvé un travail à Sault-Sainte-Marie, poursuit-elle. Histoire de prendre le temps de respirer pour être certaine de mon orientation, comme les jeunes commençaient à le faire à cette époque. Nous avons continué de nous voir pendant environ un an après ça. Jusqu'à ce qu'il obtienne un nouveau poste et quitte la ville. *Pauvre Chat. Il devait avoir peur de ne jamais pouvoir se débarrasser de moi. Il me rencontrait sans cesse sur le campus.»*

Dans ces occasions-là, ils avaient comme règle de ne pas se parler, mais quand elle se sentait trop misérable, elle s'arrangeait pour se trouver sur son chemin et il était bien obligé de la regarder. Ou bien elle surgissait à l'improviste dans son bureau. Et là, elle sanglotait et parlait, parlait, parlait. Elle le désirait tellement, mais une seule fois, le jour où il lui a annoncé son départ, il a verrouillé la porte et il a fait l'amour avec elle sur le plancher.

— Il était la seule personne à qui je pouvais me confier, dit-elle. *Et assis devant moi, les yeux baissés, il me laissait parler. Une fois il a prononcé les mots «ma fille».* «Comment peux-tu parler de ta fille, avait-elle hurlé, quand tu n'es même pas venu me voir dans cet horrible endroit?»

«Je me sentais si fausse, poursuit-elle, bavardant au sujet de mes flirts et de mes sorties avec mes amies, agissant avec mes parents comme n'importe quelle adolescente rebelle. *C'est encore comme ça que je vis la plupart du temps,* songe-t-elle, *à l'intérieur de frontières fixées en fonction de ce que les gens croient savoir de moi. C'est même comme ça que je pense la plupart du temps. Seul Terence sait (et aussi Keith, s'il s'en souvient), et je crois que Terence se sert de ce qu'il sait à ses propres fins. Ce n'est pas juste. Shirlene peut vivre ouvertement. Chat pouvait se montrer tel qu'il était. Moi, j'ai dû courir derrière dans l'ombre, être le bouc émissaire des deux.*

«Ce n'est pas une histoire bien extraordinaire, dit-elle, mais elle n'a pas été minable, sordide; je n'ai pas été séduite.»

Le visage de Shirlene conserve son aspect flou. Une grosse fille en train de disparaître. Une grosse fille silencieuse.

— J'ai trouvé ça très dur de tout te raconter, dit Fran.

La jeune fille hésite. Ses lèvres bougent comme si elle essayait de sourire.

— Pourtant, vous ne m'avez rien dit d'important. Par exemple, regrettait-il sa faute? L'a-t-il avouée à sa femme?

Et, comme Fran se contente de la regarder :

— Eh bien! l'a-t-il fait? insiste-t-elle.

— J'en doute, répond Fran.

— Comment a-t-il pu vivre ainsi?

— Avec difficulté, probablement, comme vivent la plupart d'entre nous. C'est tout ce que tu retiens de ce que je t'ai dit?

— Non, ce n'est pas tout.

Le sourire commence à réapparaître, figé, indulgent, vaguement compatissant.

— Mais je ne devrais peut-être pas vous le dire. Vous n'aimez pas les choses que je vous dis.

— Mais oui, dis-le, dis ce que tu veux. Personne n'en a le droit plus que toi. Essaie cependant de comprendre. Ton Seigneur Jésus n'interdit pas la compréhension ni la compassion. En fait, c'est sa spécialité, son *métier* comme disait Heine.

— Pourquoi prenez-vous toujours vos grands airs? Vous et vos mots français!

Elle n'est plus affalée dans son fauteuil. Elle s'est assise bien droite.

– Je vous ai écoutée comme vous me l'avez demandé. J'ai remarqué que, toutes les fois où vous vous êtes interrompue, vous avez essayé ensuite de trouver des excuses pour votre conduite. Parce que vous vous rendez compte que vous avez couru après ce qui vous est arrivé, que vous avez mérité qu'il vous quitte. Nager nue avec un étranger! Lui raconter des mensonges! Il a dû vous mépriser. Pourtant, poursuit-elle avant que Fran ne puisse l'interrompre, vous n'étiez pas entièrement mauvaise. Vous avez accepté les conséquences de votre péché. Vous m'avez permis de naître. Mais aujourd'hui, au lieu d'expier, vous menez une vie inutile en travaillant pour ces groupes de soi-disant artistes. J'ai raconté ça à mes trois amies. Elles n'en revenaient pas.

– Tu veux dire que tu as permis à ces petites filles de fourrer leur nez dans ma vie?

– Mais il n'est pas trop tard, poursuit-elle avec son sourire figé. Parce que je vois bien, que vous l'admettiez ou non...

– Comment pourrais-tu savoir ce que j'admets ou non? Petite fille idiote, qui ne peux ouvrir la bouche sans montrer ton manque de compréhension, de perspicacité... Essaie de te souvenir de ça la prochaine fois que tu voudras affirmer à une personne qu'elle n'est pas entièrement mauvaise. Et dire que tu as l'intention d'aller prêcher chez les incroyants! Les gens ne seront même pas offusqués, ils riront. Ils..., se hâte-t-elle de poursuivre parce que Shirlene essaie de parler, ils écouteront peut-être les chansons si elles sont aussi formidables que tu le prétends, mais dès que tu ouvriras la bouche et que tu prendras cet air-là, ils se mettront à rire.

– Qu'est-ce qu'il a, mon air? Vous êtes jalouse parce que vous n'avez pas trouvé ce que j'ai trouvé.

– Je ne crois pas que vous ayez entendu quoi que ce soit ce jour-là, ni toi ni tes amies. Vous vous êtes seulement fait croire que vous aviez entendu quelque chose. Et maintenant, ça flatte votre ego, c'est une excuse pour ne pas voir le monde tel qu'il est, car il est drôlement plus complexe que toi et ta bande idiote de petites...

Shirlene est penchée en avant, les poings sur les genoux, le visage livide à part les taches sèches sur ses joues. Elles pourraient poursuivre sur ce ton, Fran le sait, comme le font les mères et les filles, trouver des failles, des points sensibles pour se blesser. *Pourtant, c'est un mot qu'elle n'a jamais utilisé avec moi. Je me demande pourquoi.*

— Mais je ne suis pas ta mère, poursuit Fran, je t'ai donnée à une autre. Je ne peux pas te reprendre. Je ne le veux même pas. Plus maintenant. Si longtemps après. Alors, va-t-en, veux-tu?

À sa grande surprise, la jeune fille commence à se lever, très lentement semble-t-il, sans doute parce qu'elle est si lourde et si grande.

— Je t'ai troublée de bien des façons. J'en suis désolée. Essaie d'oublier ces deux jours. Essaie de m'oublier aussi. Prie. Continue de me prendre en pitié. Chante tes formidables chansons évangéliques sur la rue Yonge. Fais ce que tu veux, où tu veux. Mais va-t-en, je t'en prie Shirlene.

Elle se rend compte qu'elle vient de prononcer son nom pour la première fois.

La jeune fille ne sourit pas vraiment et son visage est encore pâle, mais ses yeux brillent.

— À bientôt, dit-elle. À Toronto. À la fin du trimestre.

— Non, dit Fran. Je ne veux pas te revoir. *J'ai appris tout ce que j'avais à apprendre, si tard et en repartant du début. Cela faisait mal et cela continue de faire mal, pendant que, au-dedans de moi, je me dis (et cela je n'ai pas eu à l'apprendre, il semble que je le savais déjà): il ne faut pas que cette enfant souffre, même entre mes mains.* Tu ne tiens sûrement pas à me revoir, toi non plus, dit-elle.

Le sourire réapparaît sur le visage de sa fille, large et bienveillant, montrant l'intérieur des lèvres.

— Oh! mais bien sûr que j'y tiens, répond Shirlene.

Kat

"**R**ona?" She'd always known it would happen and there was even a brief pause to alert her before Kat looked up from typing and, in a voice that wobbled in its effort to seem casual, the question came: "What was my dad like?" Rona waited, pretending to study one of the sheets Kat had completed, made a pencil mark. "You've been around, haven't you," the girl went on, "since before I was born? The family friend."

"Since about a year after you were born." The family friend. Yes, willing or not, and at first she'd been both unwilling and uneasy (though pleased that Sam should want to show her his life), that's what she'd been. "But you remember him surely."

Kat fiddled with the keys. Behind her the denim curtains hung lifeless. The room was stifling. "After the divorce doesn't count, the way he got fat and seemed trying to be something with us that he'd forgotten how to be. I don't think the boys minded. I minded. And before – I was only seven when he left. When I try to look for him in those first years I can't see anything much, it's gone cloudy."

"You don't remember the day he decided you should be Kat rather than Kathleen and rechristened you in the birdbath in the back yard?" Kat shook her head. "You still use the name." No response for a moment, then a small, rather puzzled nod. "He had a very special quality," Rona said, "if I could just make it clear to you . . ." and to myself . . . "He was lighthearted." Moroseness was the other side of that lightheartedness. (Don't tell her that.) "He had a gift for putting an edge on things. You felt that he met each day fresh and new." Am I telling her he wasn't fully grown up? He wasn't. At forty his face had a blurred boy look. His smile came all at once, one of the few smiles she'd seen that literally sparkled. (With malice sometimes. Don't tell her that.) Kat didn't resemble him. For years Rona had looked for something – hint of that smile perhaps? – on this very different face: blunt nose, long, rather trembly upper lip. She no longer looked. Kat was simply Kat, big and rather clumsy (the typing Rona had set her to when she turned up at the door three hours ago would have to be done over), with her mother's wide shoulders and hips but not fiery and dramatic like Sally, just open and too young for her age – twenty-five – and, so often, troubled. And still not safe, as Rona had hoped she would be, from her mother's griefs and demands.

"What was *she* like?" Kat was staring at her hands, as if the wedding ring with its tiny row of diamonds still surprised her. "The woman who broke them up."

"I know very little about her," Rona said. "She was young, I gather, and lived in Yorkville, which was a sort of hippy haven in those days. Though she wasn't a real hippy, just sort of slumming. I mean she had well-off parents who sent her money."

It had seemed such an ordinary occasion. "Come for supper in the garden," Sally had said. "The kids are at Sam's folks." Sally had drunk too much (but then she often did) and as the light thinned around them and they sat over cooling coffee, she'd burst out suddenly, "Who's this bitch you're seeing, Sam? A woman knows these things." Sam had given Rona a wild single look (and never another till the last). "I've been trying to tell you," he'd said (was that for me too? Did I warrant even that much?) Then on and on about this being the sort of thing men dreamed of but that he'd never dared hope would come for him. (Sam, always so quick and light, mumbling such banalities.) He couldn't ask her to lead a hole-and-corner life (with me it was that he hated to ask me). She wasn't the sort to wilfully break a marriage. He'd have to deal with this part of it alone and go to her clean. Rona had stayed longer than she knew she should, heard things she realized she decently shouldn't hear, wanting to strike and scream but just becoming smaller, till Sally began to keen and rock and Sam, muttering "Look after her, Rona," fled from the house and the garden, leaving the women alone.

"What was so special about her?" Kat's eyes were a very pale blue. They were fixed on Rona.

"Need there have been? I think it was mostly your father, Kat. He'd seized on that girl as an object." And when I went round to her place, intending to say, "For God's sake, take him or let him go," I was so startled by the ordinary, rather nervous, brownish face and skimpy body that I pretended I'd knocked on the wrong door. "Your father thought she wouldn't marry him because of his abandonment of you and your brothers. I don't know whether she ever said this in so many words. Perhaps he just heard what he wanted to hear. Or she may have been playing with him, enjoying her power. I don't really know." Stories don't always end, she might have added. No one tells us that when we're young. Some things are never fully understood.

"So he lived miserably those few years," Kat said, "then had a heart attack and died."

And when he was most miserable he'd call Rona. Each time she'd vow: Never again. Then he'd call and she'd let him come. I loved him though it's hard now to understand what that meant or how it came to be. (I was away from home for the first time. I felt lost and drab in the city. It was flattering to have all that gaiety and brightness turned on me. Why do I try to explain it? Whatever we may say about others, we feel that for us there must have been certainties announced by bells.) She'd been used to hold the marriage together: "Rona, I couldn't stand it without you." Now she was being used to give him courage to go on. And to be punished for not being the one he wanted. She'd seemed to be aware of everything that was happening but unable to stop it. And deeply ashamed, knowing that she was beginning to borrow that love, listening for words he'd never say about her. Obliged to be Sally's mainstay too. Years and years of it. Even after he was dead. They went to the funeral together because Sally wanted it and Rona didn't know how to refuse. Till she learned that she didn't have to be used. She could be useful. On her own terms.

She didn't learn this all at once of course. She could sum it up in a few sentences, forgetting the days and nights, the false recoveries, bitter relapses that sent her out to walk the streets, looking straight ahead so no one could see how desolate she was. All through the worst of it she had her writing – a point of sanity, she used to feel – but both the books she tried to write about Sam were worthless. She couldn't go deeply enough. Perhaps wouldn't. Which shows that I'm not really a writer, she thought. Real writers have no shame. What she did have, it turned out, incongruously since she'd always seemed to herself a rather heavy person, was a gift for irony, a wild sort of foolery. So she wrote humorous sketches, flippant radio plays.

"It's not much of a heredity, is it?" Kat was once more staring at her hands. "Father who ruined himself for a woman who may not have cared about him, mother an alcoholic."

"Kat, surely you haven't been – People don't inherit things like that – anyway, your mother isn't an alcoholic, she just –"

"Drinks when she's unhappy. Isn't that what alcoholism is?"

"Oh I think it's a bit more complex, Kat. Your mother's had a bit of a disappointment." What a romantic phrase. Sally inspired romantic phrases. She made bad choices – flabby charmers, Sam again and again. "She'll get over it. There probably wasn't any need for you to rush down from the Soo to be with her."

"Especially since we always get on each other's nerves and I come running to you. When did I start doing that, Rona? When I was twelve?"

Eleven actually. An evening knock at the door and there she was. With a little suitcase. The first of many such knocks. Sam's child without Sam's face. (Part of my cure. Something salvaged.)

"You mustn't brood over what I've told you," she said. "You have your own life now. How's Danny, by the way? You've scarcely mentioned him." Kat was silent, her long face so open, so unpretty, so distressed. "Ah, Kat, you *are* brooding. Let's go into the living room, shall we? It's probably cooler there. We'll have a drink and you can tell me just what's worrying you and then we'll put your worries to bed, the way we used to."

Kat gave her a quick look, then looked away. "You're not going to like this," she said.

"Like what, sweetie?"

"It isn't any of your business anyway." She stood up as she spoke. "I'm going now. Not back to Mother. I've got me a date. A little holiday from domestic life. I arranged it before I came down. And don't say what about Danny, Rona. You wanted to know how he is, well he was horrid. Really horrid. He says I spend so much time considering and analyzing I have no time left to act."

"So just because of some silly little quarrel you're going to – Kat, you can't, you mustn't."

"Yes I can. And it wasn't a little quarrel. I know what you're thinking, Rona, but you said that sort of thing wasn't inherited, remember?" She didn't look at all open at the moment. Crafty was what she looked. Knowing. She's going to say something terrible, Rona thought. She's going to tear all of it open. And here it came: "Don't you think I know?" the girl said.

"Know? Know what, Kat?" Be cool, she thought. If she shows that she suspects, deny it. Think of the words. Think of them now.

The girl was still looking at her in that odd way. "Don't worry," she said. "You haven't seen the last of me. I'll either go back to Danny or I won't go back. Either way I'll be bound to turn up again sometime and you can be just like you always are, just sympathetic enough to –"

"Just sympathetic *enough*, I don't know what you –"

"That's what you want, isn't it?" She was smiling now. "What you've always wanted. Of Mum and me both – she minds more than I do by the way – that we should keep being weak and silly and running to you. Well, I won't disappoint you," she said. "I guess you can be fairly sure I won't, Rona."

And before Rona could think of an answer or do more than tell herself how much thinking, rearranging, crossing out and filling in would face her now (all coming to what, she couldn't say) Kat had given a switch of her heavy shoulders and walked out of the room.

KAT

Traduction de Patricia Godbout

— **R**ona?

Elle avait toujours su que ce moment viendrait tôt ou tard. Il y eut même un bref silence en guise d'avertissement, avant que Kat ne lève les yeux de sa machine à écrire et ne demande, d'une voix qui tremblotait à force de vouloir paraître désinvolte:

— Parle-moi de mon père.

Rona ne dit rien. Affectant de relire un des feuillets que Kat avait terminés, elle fit un trait au crayon.

— Il y a longtemps que tu connais la famille, non? poursuivit la jeune femme. Avant même ma naissance, n'est-ce pas? Tu es l'amie de la famille.

— Tu avais à peu près un an.

L'amie de la famille, c'est bien cela, oui, bon gré mal gré. Au début, elle en avait éprouvé de la réticence et de la gêne, mais aussi de la joie que Sam veuille lui faire connaître sa vie familiale.

— Mais tu te souviens sûrement de lui.

Kat jouait avec son trousseau de clefs. Derrière elle, les rideaux en denim pendaient, inertes. L'air de la pièce était étouffant.

— Après le divorce, ça ne m'intéresse pas. Il était devenu gros. Avec nous, il essayait d'être quelqu'un qu'il n'était plus capable d'être. Les garçons, ça ne les dérangeait pas vraiment, je crois, mais moi, si. Et avant... je n'avais que sept ans quand il est parti. Chaque fois que j'essaie de me souvenir de lui durant ces premières années, je ne vois pas grand-chose; tout est embrouillé.

— Tu ne te rappelles pas le jour où il a décidé que tu t'appellerais Kat au lieu de Kathleen et qu'il t'a rebaptisée dans la vasque pour les oiseaux, dans la cour?

Kat fit non de la tête.

— C'est le nom que tu portes encore.

D'abord, il n'y eut pas de réponse, puis fut esquissé un petit signe de tête plutôt hésitant. Rona poursuivit:

— Ce que j'aimerais te faire comprendre... *en même temps que j'aimerais le comprendre moi-même...* c'est qu'il avait une qualité toute spéciale: il était plein d'entrain. *La morosité était l'envers de cette joie de vivre. Mais il ne faut pas lui dire cela.* Il savait donner du relief aux choses. Il abordait chaque jour avec un regard neuf. *Doit-elle en déduire qu'il n'est jamais devenu adulte? C'est vrai. À quarante ans, il avait encore les traits indécis d'un petit garçon. Tout à coup, son visage se fendait d'un sourire, un de ces sourires qui pétillent littéralement. De malice parfois... Ne pas lui dire cela non plus.*

Kat ne lui ressemblait pas. Pendant des années, Rona avait cherché un trait commun (l'ombre de ce sourire peut-être?) dans ce visage très différent: le nez taillé au couteau, la lèvre supérieure allongée, frémissante. Maintenant, elle ne cherchait plus. Kat était Kat, robuste et plutôt maladroite (le travail de dactylographie que Rona lui avait confié, quand elle était arrivée à sa porte trois heures plus tôt, allait devoir être refait). Large d'épaules et de hanches comme sa mère, elle n'avait cependant ni la fougue ni le panache de Sally. Elle était spontanée, encore très jeune pour ses vingt-cinq ans, souvent troublée et pas encore libérée, comme Rona l'aurait souhaité, des exigences et des tourments de sa mère.

— Et *elle*, comment était-elle? (Kat regardait fixement ses mains, comme si elle était encore étonnée d'y voir son alliance, sertie de petits diamants.) Celle qui a brisé leur mariage.

— Je sais très peu de choses d'elle, dit Rona. Elle était jeune et habitait Yorkville, qui était une sorte de repaire hippy à l'époque. Elle n'était pas une vraie hippy, elle vivait comme eux, mais ses parents étaient riches et lui envoyaient de l'argent.

L'invitation avait paru tellement banale à Rona. «Viens dîner avec nous. Nous mangerons dehors, dans le jardin, lui avait dit Sally. Les enfants sont chez les parents de Sam.» Sally avait trop bu (il faut dire que cela lui arrivait souvent). Alors que le soir les enveloppait et qu'ils sirotaient un café, elle s'était écriée: «Qui est cette salope que tu as rencontrée, Sam? Une femme sent ces choses-là.» Sam avait jeté à Rona un seul regard effaré (et pas un autre, jusqu'au moment de partir). «J'ai essayé de t'en parler», avait-il répondu. *Cela s'adressait-il aussi à moi? Est-ce que je lui servais à ce point de justification?* Puis, il lui avait raconté que c'était le type d'aventures dont les hommes rêvaient, mais qu'il n'avait jamais osé croire que cela lui arriverait à lui. *Sam, d'habitude si vif et si allègre, qui débitait de telles banalités!* Il ne pouvait lui demander de vivre dans le secret. *À moi, il osait le demander.* Elle n'était pas le genre à faire exprès pour provoquer une rupture. C'était à lui seul d'y voir, de se libérer pour pouvoir être avec elle. Rona était consciente d'être restée plus longtemps qu'elle ne l'aurait dû, d'avoir entendu des choses qu'elle n'aurait pas dû entendre. Elle aurait voulu hurler, se ruer sur quelqu'un, mais elle se faisait de plus en plus petite. Puis, Sally s'était mise à se bercer en gémissant, pendant que Sam, laissant les femmes seules, fuyait maison et jardin après avoir murmuré entre ses dents: «Prends soin d'elle, Rona.»

— Qu'est-ce qu'elle avait de si particulier?

Kat fixa Rona de ses yeux d'un bleu très clair.

— Il n'était pas nécessaire qu'elle ait quelque chose de particulier. Je crois que c'était surtout ton père, Kat. Cette fille n'était qu'un objet pour lui.

Quand je m'étais rendue chez elle, dans l'intention de lui dire: «Pour l'amour du ciel, prenez-le pour de bon ou quittez-le», j'avais été tellement saisie à la vue de ce visage quelconque, plutôt nerveux, au teint brunâtre, et de ce corps maigrelet que j'avais fait semblant de m'être trompée de porte.

— Ton père croyait que c'est parce qu'il vous avait abandonnés, tes frères et toi, qu'elle refusait de l'épouser. Mais elle ne lui a peut-être jamais dit ça. Peut-être qu'il a entendu ce qu'il voulait bien entendre, ou peut-être qu'elle profitait du pouvoir qu'elle avait sur lui. Va savoir.

Elle aurait pu ajouter que les histoires n'ont pas toujours de fin. Mais cela, on ne le dit pas aux enfants. Il y a des choses qu'on ne comprend jamais tout à fait.

— Alors il a eu une existence misérable pendant quelques années, dit Kat, et puis il est mort d'une crise cardiaque.

Et quand il était au plus profond de sa misère, il appelait Rona. Chaque fois, elle se disait: c'est la dernière. Mais quand il la rappelait, elle le laissait venir. *Je l'aimais, même si je comprends difficilement comment c'est arrivé et ce que cela signifiait. J'étais loin de ma famille pour la première fois. Je me sentais seule et perdue dans la ville. J'étais flattée d'être l'objet de tant de gaieté et de vivacité. Mais pourquoi est-ce que je cherche une explication? Peu importe ce qu'on dit des autres, on a l'impression que, pour soi, il ne peut y avoir que des certitudes annoncées par le tintement d'une cloche.*

Pendant des années, elle avait aidé Sam à sauver son mariage: «Rona, je n'y arriverais pas sans toi.» Après, elle dut lui insuffler le courage de vivre, tout en étant punie de n'être pas celle qu'il voulait. Elle semblait avoir compris ce qui se passait, sans pouvoir rien y changer. Sentant qu'elle commençait à vivre un amour qui ne lui appartenait pas, à tendre l'oreille pour entendre des paroles qu'il ne lui dirait jamais, elle avait eu terriblement honte. En plus de devoir servir de point d'appui à Sally. Cela avait duré des années. Même après la mort de Sam. Elles avaient assisté aux funérailles ensemble; Sally ayant insisté, Rona n'avait osé refuser. Jusqu'à ce qu'elle comprenne qu'elle n'avait pas à laisser les autres abuser d'elle: elle pouvait être utile, mais à ses propres conditions.

Bien sûr, elle n'avait pas appris cela du jour au lendemain. Mais aujourd'hui, elle pouvait le dire en quelques phrases, oubliant tout le temps écoulé, les fausses guérisons et les rechutes amères, qui l'amenaient à errer au hasard des rues en regardant droit devant elle pour que personne ne voie sa désolation. Pendant toute cette période, il y avait eu l'écriture, qui l'avait aidée à rester saine d'esprit, du moins c'est ce qu'elle avait cru, mais les deux livres qu'elle avait entrepris d'écrire sur Sam ne valaient rien. Elle ne pouvait pas (ou ne voulait pas?) aller en profondeur. *Ce qui montre que je ne suis pas un véritable écrivain,* se disait-elle. *Les vrais écrivains ne connaissent pas la honte.* Mais elle s'était découvert un talent pour l'ironie, pour un style bouffon plutôt débridé, ce qui lui paraissait incongru étant donné qu'elle s'était toujours considérée comme une personne plutôt sévère. Elle avait donc écrit des sketches humoristiques, des drames radiophoniques légers.

— Tout un héritage, tu ne trouves pas? (Kat se scrutait de nouveau les mains.) Un père qui s'est détruit pour une femme qui ne l'aimait peut-être même pas, et une mère alcoolique.

— Kat, comment peux-tu... Tu sais bien que ces choses-là ne sont pas héréditaires... Et puis ta mère n'est pas vraiment alcoolique...

— Elle boit seulement quand elle n'est pas heureuse. Ce n'est pas de l'alcoolisme, ça?

— En fait, ce n'est pas si simple, Kat. Ta mère a eu une déception. *Quelle phrase romantique. Le genre de phrases que Sally inspire. Elle fait toujours de mauvais choix, tous des charmeurs indolents, tous comme Sam.* Elle va s'en remettre. Tu n'étais sans doute pas obligée de venir en toute hâte de Sault-Sainte-Marie pour la voir.

— D'autant plus que nous finissons toujours par nous taper sur les nerfs et que je me réfugie immanquablement chez toi. Quel âge j'avais, la première fois que j'ai fait ça, Rona? Douze ans?

Onze. Un soir, on frappe à la porte; c'est elle, sa petite valise à la main. *J'allais les entendre souvent, ces coups à la porte. L'enfant de Sam sans son visage. Une partie de ma guérison. Quelque chose de sauvé.*
— Il ne faut pas que tu rumines ce que je t'ai raconté, lui dit-elle. Tu as ta vie maintenant. À propos, comment va Daniel? C'est à peine si tu m'en as parlé.
Kat se taisait, son visage allongé si ouvert, si affligé, sans beauté.
— Tu broies du noir, Kat. Allez, viens au salon. On y respire sûrement mieux. Je vais te servir un verre et tu pourras me raconter ce qui ne va pas. Et puis nous nous consolerons, comme dans le bon vieux temps.
Kat la regarda rapidement, puis détourna les yeux.
— Tu ne vas pas aimer ce que j'ai à te dire.
— Quoi donc, ma chérie?
— Ah! et puis, ça ne te regarde pas, dit Kat en se levant. Je m'en vais. Pas chez maman. J'ai un rendez-vous, un petit congé de la vie conjugale, planifié avant de venir. Et, surtout, ne me parle pas de Daniel! Tu voulais avoir de ses nouvelles, eh bien elles sont mauvaises. Très mauvaises. Il m'a dit que je passais tellement de temps à tout analyser qu'il ne m'en restait plus pour agir.
— Ne me dis pas qu'à cause d'une petite querelle, tu vas... Kat, tu ne peux pas faire ça. C'est...
— Mais si, je peux. Et ce n'était pas une petite querelle. Je sais ce que tu penses, Rona, mais tu viens de dire que ces choses-là n'étaient pas héréditaires, n'est-ce pas?
Elle n'avait plus sa mine ouverte et spontanée. Elle avait l'air rusée, pleine d'astuce. *Elle va dire quelque chose de terrible*, songea Rona. *Elle va vider son sac.*
— Tu crois peut-être que je ne vois pas clair dans ton jeu? dit la jeune femme.
— Quel jeu, Kat? *Du calme*, se dit-elle. *Il faut tout nier. Trouver les mots, maintenant.*
La jeune femme l'observait toujours de ce regard étrange.
— T'en fais pas, dit-elle. Tu me reverras. Que je quitte Daniel ou pas, tu vas me voir reparaître tôt ou tard, et tu

n'auras qu'à faire comme d'habitude, à m'écouter juste assez...

— Juste *assez*? Qu'est-ce que...?

— C'est bien ce que tu veux, non? dit-elle en souriant. Ce que tu as toujours voulu. De maman et de moi. Elle, ça la gêne encore plus que moi, figure-toi, de nous voir rester faibles et stupides pour pouvoir continuer à venir nous réfugier auprès de toi. Eh bien, je suis à peu près sûre de ne jamais te décevoir, Rona.

Et avant que Rona ait eu le temps de répondre et de se rendre compte de l'ampleur de la réflexion qui l'attendait (toutes ses idées à réorganiser, à biffer, à remplacer, et qui sait où cela la mènerait?), Kat avait déjà fait pivoter ses larges épaules et était sortie de la pièce.

The Enemy

"Unless it's happened to you," she always begins, "you couldn't understand, you couldn't possibly." Having repeated it all so many times – many more times than is useful to herself or of possible concern to anyone else – she uses not only the same phrases and words but the same stresses, her voice rising on its own, clinging to certain pitches, slipping back. She often wishes she might find different words for the events because then, she feels, she might no longer describe them, would not need to. For it is need that keeps her at it. She knows that. Need to discover something, something she has missed, perhaps even wanted and still wants to miss. So she goes on explaining that it wasn't as if anyone hated her. Nobody ever has. Her life, though certainly not blameless, has not harmed others.

Everyone agrees, as everyone always agrees now with Miranda. But they like her less, she knows, than in the days when she used to explain nothing, was even a little mysterious. Mysteriously married seven or eight years ago to a painter many years older. Divorced without pain. Mother of a small child, a girl of about six. Mysteriously well off, with child-support arriving more or less regularly from Spain or Portugal and something much larger known vaguely as "money from my father." (No one even knew she had a mother living in Winnipeg, till the mother turned up "to help" after the disaster. Or that Winnipeg was Miranda's home town. Or, for that matter, that Miranda was just a name she'd given herself.) She tried for a while to get them to call her Mary but no one could get into the way of it. She had too definitely become Miranda, one of those thin prettyish young women with long legs and a tiny rump and a gift for dressing herself up or down so that in Miranda's case her various outfits and adornments are always more memorable than the shape and colour of her eyes or the precise shade of greeny-yellow of her rain of hair. She still lives much as before in the bottom flat of the high, orphaned half-house she owns just off Church Street – rather sloppily with that wasteful sort of sloppiness only the well-to-do can manage. Buying things, breaking them, giving them away. She still takes in strays though the strays now get nervous very quickly and wander off. But her older friends, who are all more or less in her debt and have only recently become aware of it, are patient and try to listen at least. Thinking, she knows: My God, all this fuss about a lot of old junk. Yes, Miranda's mind echoes: junk – *my* junk. And buys or makes another lamp. Strings popcorn into necklaces. Or sees some starved young man selling *Guerilla* on Yonge Street and takes him home to dinner. For she must do as she's always done, be what she was in the days when she didn't have to wonder what that was.

No one points out that she doesn't tell the story as it happened but breaks right into the climax as if she's forgotten how slowly and intermittently it began. (There was cleverness in this, she came to realize but no longer seems to remember.) She sees herself now as trudging through the slush of that February day, groceries in one arm, the small blonde child at her side, happy and innocent, very much herself, opening the door into her big cluttered livingroom and then, abruptly, ruin at her feet. Actually she didn't even notice, till it crunched, that the shade from the centre fixture lay in shards on the rug. Her mind, as she swept up the bits, was busy with Chet, her unpaying tenant on the second floor, whom she'd met in the hall and impulsively, because his little airedale face looked so pinched and unhappy, invited to dinner. She did not even think to mention it when he came or during their quite ordinary evening.

Chet did some of his "magic" tricks and, after dinner, put the child to bed. Maidy, a sixteen-year-old runaway from Timmins Miranda had found sleeping in the laundromat and installed on the top floor, came down to borrow ten dollars for grass. Miranda gave it to her because, as she explained later to Chet, who thought Maidy was exploiting her, it was better than having the girl go back on the street. Maidy was straightening out, Miranda had taught her to dip candles and every now and then she took a batch over to Kensington to sell, but you couldn't expect too much too quickly. Chet sniffed. He would have remained a perfectly conventional youth, Miranda thought with pity, if he hadn't chosen to evade the draft, come to Toronto just when it was hardest to find jobs, and grow that untidy beard. Miranda was trying to help him get enough points to become a landed immigrant but what could the poor kid do except – why, of course, wave hankies and pull cards from ears to the delight of children. Immediately she called half a dozen people and persuaded two of them to hire him to perform at children's parties they hadn't known they were going to have. Chet cheered, first slightly, then considerably, and after discussing his future for a while, they went to bed. He now accepted this culmination to their evenings as calmly as she did. We like it and we're good, she'd had to tell him with some pains; her being older had alarmed him, made him search for motives. She suspected sometimes that he saw it as his way of thanking her – for the free quarters and the frequent free meals – and, because this pleased him, she allowed it. Though she was not at that time analytical of herself or others, she knew she disliked obligation and saw anything that could release it as a good thing.

She was busy during the next few days rounding up other party dates for Chet but found time to shop for a new lampshade – real flowers pressed between two sheets of frosted glass. A week later it was broken, lying in fragments on the rug. The pieces, it occurred to her as she swept them up, looked dirty as if someone had. . . . She ran to the windows. The one in the kitchen was unhooked. It often was. She stood for a moment looking out at the backs of apartments old and new, the few scattered houses like her own, one of them seemingly crowned by a crane that, as she watched it, slowly shifted. But only when she was buying the third shade – fringed and silken and unbreakable – did she wholly admit what she now accepted: someone had done those things. She formed the habit of checking hooks and fastenings before she went out, glancing about quickly when she came in.

Nothing happened for several weeks and then one evening Steve came home with her after the opening of his new show. She hadn't been sure he would. He was unreliable on these occasions, his shyness pushed to its limits talking to reviewers and possible buyers, which he did well and gaily but with deep shame. His paintings would sell as always; he would be glad, she knew, if just for once they didn't. But he was glib in his work and, sadly, knew it. Other more innovative painters, his friends, didn't even envy him his success. He knew that too.

The child was spending the night with Maidy because Miranda hadn't been able to get a sitter; Maidy liked to be given a responsibility now and then, not too many responsibilities or too often. So Miranda played the stereo rather loud and they had several more drinks and, when Steve tried to pull off her dress, she helped him and lay half naked across his lap while he quizzed her – about her marriage, about the various men who wandered in and out of her life. Was she, in fact, just what she seemed – a nice warm communal earth-mother or –?

"A mixed-up rich kid out for kicks?" she suggested.

"No no, that wasn't what I – Hey – why are you watching me?"

"Am I?" She was, of course. He was using her as he often did to work out something for himself. He might turn brutal if she wasn't careful and with Steve brutality, even verbal brutality, which was all he ever permitted himself, led always to humiliation. Steve went fairly far back in her life for he was a friend of Rodney, to whom she'd been married.

"Ah, why do you put up with me?" he asked.

"Why not?" she said and got up to lead the way to the other room.

"No sensible person would," he said. "I've got a jeczly great paunch. And I'm too boiled to be any use to you."

He fell across her as she eased under the covers of her low bed. So she took it cold across her narrow rump – garbage, a nasty little pile of it, identified, when she wrenched him off and switched on the light, as tomato peel, tea leaves, something vaguely sour and soupy. Steve helped her check windows after she'd washed, shaking, in the bathroom. There was that kitchen window unfastened again. Had she remembered to lock it?

"Mightn't it have been the kid?" Steve suggested.

"No – I never drink tea – this isn't my – Steve, don't tell anyone. Promise."

"Why in hell not?"

She couldn't say. So he promised and, suddenly sober, helped her rinse the sheets, made coffee, sat with her a while and left. But after the next time, about a week later, it was she who told, told everyone, talked and talked.

For it was a pair of the child's socks, cut up small and placed in the refrigerator, all coated with something that might have been excrement or mud; she had plucked them out with tongs and flung them away before she could tell. She knew now that someone hated her, someone who knew her, knew where things were kept. A few days later it was definitely excrement, wrapped in leaves, tucked in among her underwear. Someone who had leisure, wasn't afraid, knew her habits. And then a smear that might be vomit trodden into the livingroom rug.

"Tell the police," people said. "Move. This is a maniac. Some day you'll come in and surprise him and he'll kill you."

She wouldn't tell the police. It mustn't be some outsider who discovered the culprit. *She* must do it, though

139

she wasn't sure why. Everyone professed to be sold on the theory of the maniac behaving randomly. She pretended to accept this too, had safety catches put on the windows and a bolt on the back door. She thought of having the lock of her apartment changed – she had given away so many keys – but a new lock was just as vulnerable as the old to wax impression or wire. (Everyone had a different theory of how thieves or vandals got in.) She so loathed this new need for bolting and barricading that from time to time she deliberately left the back door unlocked when she went over to Church Street to shop. (The smear on the livingroom rug appeared after one such lapse. But the next incident – a rough phallus drawn with some sort of filth on the bathroom mirror – occurred when the place was tightly sealed.)

She began to explain herself. She'd never felt the need to, believing that others accepted her on her own terms. She now discovered that she didn't know what those were. She seemed to have lived a completely unexamined life. But if unexamined, it was surely also inoffensive. I've always given as much as I've got, she insisted. I have never taken a man from anyone else. I have never clung. If I've been promiscuous, and I know that is a word some people might want to use about me, I have not been mean or niggardly. I have never used sex as a weapon. To defend herself, she began to name the men she'd gone to bed with. Having no practice in confiding, she didn't know how to stop once started, even when uneasiness on the faces of people who'd wanted to know more about her showed that they hadn't wanted to know this much. She defended the upbringing she was giving the child, unable to forget what might have been a rather blatant message in the little socks. She had never tried to thrust her own standards on the child. Never would. And you just had to look at her –

Everyone agreed that the child looked and behaved like a happy, solid little person. No one argued with anything she said about herself. No one showed any indication of the hatred someone felt. She was not convinced, went on explaining and watching for signs. She entertained a lot. (Everyone thought she feared being alone.) She called people she had not seen for years who might feel resentment towards her – men she had left behind or who had left her.

She tried to lay traps, would tell a number of people she was going to a play or a concert, duly leave, then come back after half an hour.

Once she found Maidy at the door.

"I thought I heard something," the girl said.

They stared at one another, fat little shaggy Maidy blinking up from behind her hair.

"When," Miranda asked her, "are you going to do something about paying your way around here? You people seem to think that just because I have money, I'm your own built-in pushover. Well, we were poor when I was a kid. Do you know that? My mother worked as a nurse on the four-to-midnight shift. I never saw her. And do you know why? My father was killed in that war you know nothing about. He had money from his family and he left it in trust for me when I was twenty-one – his unborn child he called me in his will because that's what I was then. I guess my mother was hurt. She wouldn't even spend the interest --"

"Gee, I'm sorry," Maidy said. "But look – if gratitude's what you want, why don't you choose someone who's got something to be grateful with?"

"All I want," said Miranda, "is for you to stop thinking you invented everything, invented suffering, invented in-justice –"

She slammed the door in the girl's face but next day was ashamed, apologized to Maidy and asked her to sit with the child. And she said nothing at all a week later when Chet came in to say he hoped she'd understand, there was something sick going on, he'd better move, because if it blew up into a real hassle before he got his landed immigrant's status. . . .

He kept one or two of the performing dates she'd made for him, then disappeared; she heard he'd hitch-hiked out to the west coast.

"Have you thought," Steve asked, "that he might have been the one who did it?"

Miranda didn't answer. For she had indeed thought this. Or even that it might have been Steve himself. There could have been time that evening for him to sneak into the bedroom while she was in the kitchen or the can. Having nursed that garbage in his pocket all through the opening of his show? Could he be that sick? Could anyone? What did she really know of him, when you came to it, except that he was a great paunchy man who drank too much, was limited and knew it? What did she know of any of the people she summed up in easy phrases and considered her friends? And while there was no one she could imagine doing those things, there was no one she could not imagine doing them.

After the scrawl on the bathroom mirror, nothing happened. Throughout the wind and wet of March her belongings were unmolested. But she still locked or negligently failed to lock, carefully inspected everything when she came in. Her enemy had made these changes in her way of living, watched now, she supposed, and was pleased to have shaken her so.

Then one April afternoon she fell into conversation at the laundromat with a young man who had an idea for a film and even a small amount of backing. She invited him to dinner and, after the child was in bed, they talked for a while and then made love. And as they lay afterwards, discussing how he might best apply for subsidy – she knew a number of people who might be useful – she suddenly saw herself acting just as she always did, as if she'd never been attacked, and found herself telling him about all the ugly little acts.

"Yeah, people are hung up in all sorts of ways," he said and soon afterwards decided to get up and dress and leave.

He tried to see her again but the child got chicken pox and needed nursing and then Miranda came down with it herself and was very ill. Maidy brought odd little meals of cereal and brown rice and took the child out. Steve and others sat in turn by Miranda's bed. When she felt strong enough she arranged to rent a cottage in Muskoka for six weeks. She sat in the sun and swam and taught the child to do the dog paddle and play a couple of simple card games. The days dripped past like honey and it seemed to her that she was almost as empty as the child. When her ex-husband's monthly cheque was forwarded to her, she sat down to write her usual report of their daughter's wellbeing, found herself telling him instead that he ought not to have married her, so much younger, he had so clearly disliked marriage, she hadn't cared all that much for it herself, had been glad when he suggested packing it up but even so it hadn't been fair, next time he should pick someone a little more — She stopped, shocked by a resentment she hadn't known she felt, this was the enemy's doing, he didn't want to leave her with anything. She tore up the letter and in a few days wrote the sort of formal account she usually sent. The child began to answer the usual appellation of "child" with "My name's Anne," so there was more of her perhaps than there was of her mother who long ago, for some reason or lack of reason, had adopted a name that wasn't her own. And she couldn't imagine how she was to return to Toronto and that apartment, have friends and men and go on living.

The only two things of real value — the television and the stereo — had been spared. Everything else was smashed, splintered, ribboned, rent — every garment of her own and the child's, all the dishes, the curtains, the ornaments and the lamps. Even the mattresses had been ripped open with a knife, the pictures slashed. The chairs and tables must have been wrenched apart with great strength. And there was a trail of filth through the room.

Sobbing on her knees at the phone, clutching the child, Miranda dialed several numbers till she found Steve at home. Steve proved immediately practical, arrived only minutes after the police, whom he had notified, and answered the first questions very sensibly. But even he couldn't explain why Miranda hadn't reported the earlier incidents or why, with so much reason for anxiety, she hadn't asked the police to keep an eye on the flat. (Or for that matter the caretaker, who, summoned, knew and had heard nothing. He was only in the building an hour or so a day.) Neighbours? The middle flat had stood empty since Chet left. Maidy was rooted out of her attic, large-eyed. She hadn't heard anything either.

When Miranda felt sufficiently composed, she began to speak in a rapid voice. "Why should I tell all sorts of people I have enemies? Who would want to admit that? Would you?"

The policeman, who was young and painfully clean shaven and held his chin so firmly uptilted that his expression, whether of concern or contempt, couldn't be seen, ignored this and went on talking to Steve. Fingerprint men and photographers were summoned, came and went. Reporters arrived with more photographers. Miranda talked, told them she was going to buy a savage dog, she was alone with her child and in grave danger. She and Anne were pushed in and out of various groups, some of which included, as well as Maidy and Steve, mysterious persons she'd never seen before. Miranda talked until suddenly she was alone with Steve, who was sitting on the floor with the child asleep on his lap while she told him she couldn't go out to eat, she had to guard her stereo. Late in the evening came a sharp ring and knock and in walked her mother, summoned from Winnipeg – when? – by Steve, who seemed to have known – how? – her name and where she lived. And then, Miranda talking still, they were all in a taxi going to a hotel. When she awakened next morning rather late, it was with the sense, almost the weight, of eyes on her face. But her mother, in a chair near the window, was reading a newspaper spread across her knees.

"Ah there," she said, as Miranda propped herself on an elbow, and began to fill in space with her light firm voice, eyes down still towards the paper (this woman with the pansy-crumpled face, glasses and little mouth who'd edged Miranda's childhood, nursed her when ill, worked for her clothes and her music and skating lessons, organized the mechanics of her life but left her thoughts loose to go where they chose and now was afraid – or unwilling – to look at her in disarray). That nice little thing from upstairs, she said

— what a curious name, was it short for Maiden? — had come to take Anne for the day; they were off to the island. And that charming Steve was busy with the caretaker at this very moment sweeping up the place. So, she concluded, she'd order up breakfast and then they'd go out, buy one or two —

"No," Miranda said. "I'm not going back to that apartment. Mother, let me come home to Winnipeg with you."

"I haven't room for you," said her mother. She probably has a man, Miranda thought, she's really quite attractive. And she felt sad trying to edge her mind into her mother's life, all strange to her.

"I can't live alone, I don't know how to," she said. "I live like a slut. I neglect the — Anne."

"I doubt that," said her mother. "She doesn't look neglected. Child —" Oh call me by my name, Miranda thought, I haven't heard it for so long, I want to. "Why are you so sure it's someone you know?" And when Miranda didn't answer, "It's natural," her mother said. "A form of egotism. Wanting to deserve things — it's so much less demeaning than being a victim. But we all have to come to it at times. So be as sensible as I think you are and get up."

Miranda did and three days later went back with Anne and some borrowed furniture to the apartment. Her mother remained in the city for another week, then returned to Winnipeg and her own life. Miranda did buy a dog, a boxer said to be fierce, but walking him was a chore and neighbours who had missed the sounds of destruction were not so deaf to the howling of the dog when left alone at night. So she found him a home in the suburbs. She had discovered, anyway, that she was not afraid. The enemy would not return. He did not need to, having done his worst. He had thrust her all the way to the dark side and though there might not have been anything very bad there, there was nothing very good either.

In September another young woman's apartment was wrecked, a block away. On his third attempt the vandal was caught. Photographs showed him small and hollow-cheeked, a classic nonentity. He lived in one of the older buildings in the neighbourhood and had few acquaintances. He spoke a good deal about a mission. The girls, he insisted, were nothing, he did not know or choose them, they were chosen. He did not come to trial, which Miranda regretted. Not that she wanted to have to testify against him; she was too frightened of what she might say, would surely think. But she would have liked to see for once and close at hand the face of what is the real enemy, whether within or without. She might have known something then – not why she was marked out since that seems to have been sheer savage randomness but why, chosen, she was so open, her life so ready to come apart. She knows her two fellow victims by sight now, thinks of asking them but never does; they do not look damaged.

And where are the other threats? She knows there will be others, that they only wait. Perhaps that is why she goes on talking about it, living one day and one day. And almost trusting.

L'ennemi

Traduction de Nicole Ferron

— À moins que ça ne vous soit déjà arrivé, commence-t-elle invariablement, vous ne pouvez pas comprendre, c'est impossible.

Après avoir répété ce refrain tant de fois, beaucoup plus souvent qu'il n'est utile pour elle ou intéressant pour les autres, non seulement emprunte-t-elle les mêmes expressions et les mêmes mots, mais aussi les mêmes accents, sa voix s'emportant, restant acccrochée à certaines intonations, puis retombant. Si elle avait pu expliquer les événements de manière différente, se dit-elle, elle ne ressentirait peut-être plus le besoin de les décrire. Car c'est bien le besoin qui la pousse, elle le sait. Le besoin de découvrir quelque chose, quelque chose qu'elle n'a pas vu, qui lui a échappé, qu'elle a peut-être même refusé et refuserait toujours de voir. Elle s'évertue donc à expliquer que ce n'est pas comme si quelqu'un la détestait. Personne ne l'a jamais détestée. Certes, sa vie n'est pas irréprochable, mais Miranda n'a jamais fait de tort à personne.

Chacun est d'accord, chacun est toujours d'accord avec Miranda désormais. Mais elle sait qu'on l'aime moins que naguère, du temps où elle avait l'habitude de ne rien expliquer, où elle était même un peu mystérieuse.

147

Mystérieusement mariée, sept ou huit ans plus tôt, à un peintre de plusieurs années son aîné; divorcée sans douleur; mère d'une jeune enfant, une fillette d'environ six ans. Mystérieusement bien nantie : une pension arrivant plus ou moins régulièrement d'Espagne ou du Portugal et autre chose encore, de beaucoup plus substantiel, qui était vaguement appelé «l'argent de mon père». (Personne ne soupçonnait qu'elle avait une mère habitant Winnipeg, jusqu'à ce que cette dernière surgisse pour «l'assister» après le désastre. Ou que Winnipeg était la ville natale de Miranda. Ni même que Miranda n'était qu'un nom d'emprunt.) Pendant quelque temps, elle avait tenté de persuader tout le monde de l'appeler Marie, mais personne n'avait pu s'y habituer. Elle dut donc se résigner à devenir définitivement Miranda, l'une de ces jolies jeunes femmes minces, avec de longues jambes et un petit derrière, et un tel don pour s'habiller chic ou décontractée que, dans son cas, on se rappelle toujours ses toilettes et ses parures diverses plus que la forme et la couleur de ses yeux ou que la teinte précise de blond-vert de ses longs cheveux. Elle vit sensiblement comme avant, occupant toujours le rez-de-chaussée d'une haute maison jumelée qu'elle possède près de la rue Church, une maison d'apparence plutôt négligée, mais de ce négligé extravagant qui est l'apanage des riches. Elle achète toutes sortes de choses, les brise, en fait cadeau. Elle recueille toujours les laissés-pour-compte, même s'ils deviennent vite nerveux et reprennent le large. Toutefois, ses plus vieux amis, qui lui sont tous plus ou moins redevables et n'en sont devenus conscients que très récemment, font preuve de patience et essaient au moins de l'écouter. Elle sait bien ce qu'ils pensent : «Mon Dieu, tant d'histoires pour un tas de vieilles affaires!» «Oui, se dit Miranda, des vieilles affaires... *mes* vieilles affaires.» Puis elle achète ou fabrique une autre lampe; enfile des grains de maïs soufflé pour en faire des colliers, ou ramène à souper quelque jeune homme affamé qui vend *Guerilla* sur la rue Yonge. Car elle doit agir comme elle a toujours agi, rester fidèle à ce qu'elle était jadis, quand elle n'avait pas à se demander ce qui se passait.

Personne ne souligne qu'elle ne rapporte pas les faits comme ils se sont produits, qu'elle file droit au point culminant plutôt, comme si elle avait oublié combien tout a commencé lentement, par intermittence. (Elle avait fini par se rendre compte qu'il y avait quelque astuce à cela, mais elle ne semble plus s'en souvenir.) Maintenant elle se revoit pataugeant dans la gadoue de cette journée de février, des provisions sous le bras, la fillette blonde à ses côtés, joyeuse et insouciante, égale à elle-même et ouvrant la porte de son grand salon encombré puis, tout à coup... le désastre. En fait, elle n'avait même pas remarqué, avant de l'écraser sous ses pieds, que l'abat-jour de la lampe gisait en éclats sur le tapis. Son esprit, pendant qu'elle ramassait les débris, allait plutôt vers Chet, le locataire qu'elle hébergeait gracieusement à l'étage; elle avait rencontré celui-ci dans l'entrée et impulsivement, à cause de sa pauvre petite figure de chien battu, elle l'avait invité à souper. Elle n'avait même pas pensé lui raconter l'incident à son arrivée ou pendant leur soirée tout ordinaire.

Chet avait exécuté quelques-uns de ses trucs de magie puis, le repas terminé, il avait couché la petite. Maidy, seize ans, une fugueuse de Timmins que Miranda avait trouvée endormie à la laverie et aussitôt installée au grenier, était descendue emprunter dix dollars pour s'acheter du «pot». Miranda les lui avait donnés parce que, comme elle l'expliqua plus tard à Chet, qui pensait que Maidy l'exploitait, cela valait mieux que de la voir retourner dans la rue. Maidy était dans la bonne voie; Miranda lui avait enseigné à fabriquer des bougies et, de temps à autre, la jeune fille allait en vendre un lot au marché Kensington, mais il ne fallait tout de même pas s'attendre à trop après si peu de temps. Chet avait fait la moue. «Quel parfait jeune homme conformiste il serait resté, pensa Miranda avec pitié, s'il n'avait choisi de se dérober au service militaire, de venir à Toronto quand les emplois se faisaient rares et de laisser pousser cette barbe miteuse.» Miranda avait bien tenté de l'aider à accumuler les points nécessaires pour obtenir son statut d'immigrant, mais que pouvait faire le pauvre garçon...

ah! bien sûr, agiter des mouchoirs et tirer des cartes des oreilles, à la grande joie des enfants... Aussitôt, elle avait appelé une demi-douzaine de personnes et persuadé deux d'entre elles d'engager le jeune homme pour donner des spectacles lors de fêtes d'enfants auxquelles elles n'avaient même pas songé. Chet s'était réjoui, un peu au début, puis beaucoup et, après avoir discuté de son avenir pendant un certain temps, ils s'étaient couchés. Il acceptait maintenant cette conclusion de leurs soirées avec le même calme qu'elle. «On aime ça et on ne fait pas de mal», avait-elle pris la peine de lui expliquer; le fait qu'elle fût plus âgée avait éveillé les craintes de Chet, l'avait incité à chercher des justifications. Parfois, elle le soupçonnait d'y voir un moyen de la remercier – pour le logement et les fréquents repas gratuits – mais, comme Chet était satisfait, elle le tolérait. Bien qu'à l'époque elle ne cherchât pas à s'analyser ni à analyser les autres, elle savait qu'elle détestait toute obligation et considérait comme agréable tout ce qui pouvait l'y soustraire.

Les jours suivants, elle avait organisé d'autres engagements pour Chet, mais avait quand même trouvé le temps d'acheter un nouvel abat-jour : des fleurs véritables pressées entre deux couches de verre dépoli. Une semaine plus tard, elle le retrouva en menus fragments sur le tapis. En balayant les débris, elle s'aperçut que les morceaux paraissaient sales, comme si quelqu'un avait... Elle se précipita vers les fenêtres. Celle de la cuisine était déverrouillée... mais c'était souvent le cas. Elle resta un moment à regarder l'arrière des appartements anciens et nouveaux, les quelques maisons éparses semblables à la sienne, l'une d'elles apparemment coiffée d'une grue, qui remua lentement tandis qu'elle l'observait. Mais c'est seulement en achetant le troisième abat-jour – soyeux, garni d'une frange et incassable – qu'elle reconnut pleinement ce qu'elle se résignait maintenant à accepter : quelqu'un avait commis ces méfaits. Elle prit donc l'habitude de vérifier les crochets et les serrures avant de sortir, et d'y jeter un coup d'oeil furtif au retour.

Rien ne se produisit plus pendant plusieurs semaines puis, un soir, Steve rentra avec elle après son vernissage. Elle n'était pas sûre qu'il viendrait. On ne pouvait pas compter sur lui dans ces occasions : sa timidité était mise à rude épreuve lorsqu'il devait discuter avec les critiques et les acheteurs éventuels, ce qu'il faisait pourtant de bonne grâce, mais non sans en ressentir une honte profonde. Ses tableaux trouveraient preneurs, comme toujours; Miranda devinait qu'il serait trop heureux si, pour une fois, ce n'était pas le cas. Mais il faisait un travail facile et le savait très bien. D'autres peintres plus innovateurs, ses amis, ne lui enviaient même pas son succès. Cela, il le savait aussi.

La petite passait la nuit chez Maidy parce que Miranda n'avait pu trouver de gardienne; Maidy aimait bien qu'on lui confie des responsabilités de temps en temps, mais pas trop ni trop souvent. Miranda mit donc de la musique, plutôt fort, et ils prirent plusieurs autres verres; puis, lorsque Steve voulut lui retirer sa robe, elle l'aida et s'étendit, à moitié nue, sur ses genoux, tandis qu'il ironisait sur son mariage et sur tous les hommes qui avaient traversé sa vie. Fallait-il se fier aux apparences?... Était-elle vraiment une banale mère nourricière ou...?

– Une riche gamine déboussolée qui recherche les sensations fortes? suggéra-t-elle.

– Non, non, ce n'est pas ce que je... Eh!... pourquoi es-tu sur tes gardes?

– Moi, sur mes gardes?

Bien sûr qu'elle l'était. Comme souvent, il se servait d'elle pour résoudre ses petits problèmes. Il pouvait se transformer en véritable brute si elle ne faisait pas attention, et la violence de Steve, même si elle n'était que verbale, la seule d'ailleurs qu'il osât se permettre, aboutissait toujours à l'humiliation. Steve remonta assez loin dans le passé de Miranda, car il était un ami de Rodney, à qui elle avait été mariée.

– Ah! pourquoi te contentes-tu de moi? demanda-t-il.

– Pourquoi pas? dit-elle en se levant pour passer dans sa chambre.

— Aucune personne sensée ne le ferait. J'ai cette sacrée grosse bedaine. Et puis, je ne suis bon à rien tellement j'ai bu.

Il tomba en travers de Miranda, qui se glissait sous les couvertures du lit bas. C'est alors qu'elle sentit sous ses fesses quelque chose de froid - des ordures, un affreux petit tas d'immondices dans lequel elle reconnut, dès qu'elle se dégagea de lui et alluma la lumière, des pelures de tomates, des feuilles de thé et quelque chose de vaguement épais et aigre.

Steve passa les fenêtres en revue avec elle après qu'elle se fut lavée, tremblante, dans la salle de bains. La fenêtre de la cuisine était encore ouverte. Avait-elle pensé à la verrouiller?

— Ça ne pourrait pas être la petite? suggéra Steve.

— Non... Je ne bois jamais de thé... ce ne sont pas mes... Écoute, Steve, n'en parle à personne. Promis?

— Mais pourquoi pas, bon sang?

Elle n'aurait su le dire. Il promit donc et, soudain dégrisé, l'aida à rincer les draps, fit du café, s'assit avec elle un moment, puis partit. Mais la fois suivante, environ une semaine plus tard, c'est elle qui se mit à en parler à tout le monde, à en parler sans arrêt.

Car, ce coup-là, elle avait trouvé dans le réfrigérateur une paire de chaussettes de la petite, déchiquetées et tout engluées de quelque chose qui ressemblait à des excréments, ou à de la boue; elle les avait retirées à l'aide de pincettes et s'en était débarrassée avant de prendre la peine de vérifier. Elle savait maintenant que quelqu'un la haïssait, quelqu'un qui la connaissait, qui savait où elle rangeait les choses. Quelques jours plus tard, sans l'ombre d'un doute, ce furent des excréments enveloppés dans des feuilles qu'elle retrouva enfouis dans ses sous-vêtements. Quelqu'un donc qui jouissait de temps libre, qui n'avait pas peur et qui connaissait ses habitudes. Et puis ce fut une tache, de la vomissure peut-être, étalée sur le tapis du salon.

— Parles-en à la police, la pressa-t-on. Déménage. C'est un maniaque. Un de ces soirs, tu tomberas sur lui en rentrant, et il te tuera.

Non, elle ne voulait rien dire à la police. Ce n'était pas à un étranger de découvrir le coupable. C'était à elle de le faire, même si elle ne savait pas pourquoi. Chacun optait pour la théorie du maniaque agissant au hasard. Elle prétendit aussi être de cet avis, allant jusqu'à faire installer des loquets aux fenêtres et un verrou à la porte arrière. Elle pensa faire changer la serrure de l'appartement – elle en avait distribué tellement de clefs –, mais il était tout aussi facile de prendre l'empreinte d'une nouvelle serrure ou de la crocheter. (Chacun avait sa petite idée quant à la façon dont les voleurs ou les vandales pénétraient chez elle.) Elle était tellement écoeurée de devoir maintenant se barricader que, de temps à autre, elle laissait intentionnellement la porte arrière déverrouillée pendant qu'elle allait faire ses courses dans la rue Church. (La tache sur le tapis du salon apparut après un de ces écarts. Mais l'incident suivant – un phallus grossier dessiné avec une saloperie quelconque sur le miroir de la salle de bains – se produisit alors que la maison était hermétiquement close.)

Elle commença alors à s'expliquer. Elle ne s'y était jamais sentie obligée, croyant que les autres l'acceptaient telle qu'elle était; or, elle découvrait qu'elle ne se connaissait pas vraiment. Il lui semblait avoir vécu une vie débridée. Débridée, oui, mais tout à fait inoffensive. «J'ai toujours donné autant que j'ai reçu, affirmait-elle. Je n'ai jamais volé l'homme de qui que ce soit. Je ne me suis jamais cramponnée. Si j'ai été une fille facile, et je sais que c'est le mot qui vient à l'esprit de certaines personnes lorsqu'elles parlent de moi, je n'ai été ni méchante ni avare. Je ne me suis jamais servie du sexe comme d'une arme.» Pour se défendre, elle se mettait alors à énumérer le nom des hommes avec qui elle avait couché. N'ayant pas l'habitude de raconter sa vie, elle ne savait plus s'arrêter, même lorsque le malaise qui se lisait sur le visage des gens qui avaient voulu en apprendre davantage à son sujet trahissait qu'ils n'en demandaient pas tant. Incapable d'oublier le message criant que pouvaient constituer les petites chaussettes, elle défendait l'éducation qu'elle prodiguait à sa fille. Pas un instant elle n'avait essayé d'imposer ses propres valeurs à sa petite... et elle ne le ferait jamais. Il suffisait de la regarder... Tout le monde s'entendit pour dire que la petite avait l'air d'une enfant heureuse et sûre d'elle. Personne ne remit en question ce que Miranda disait d'elle-même. Personne ne donna quelque indice de la haine qu'il aurait pu éprouver. Peu convaincue, elle continua d'expliquer et de guetter des signes. Elle recevait beaucoup à l'époque. (Tout le monde croyait qu'elle avait peur de rester seule.) Elle appela des gens qu'elle n'avait pas vus depuis des années, des gens qui aurait pu nourrir du ressentiment envers elle – des hommes qu'elle avait laissés ou qui l'avaient abandonnée.

Elle essaya même de tendre des pièges, confiant à certaines personnes qu'elle allait au concert ou au théâtre, quittant la maison à l'heure dite pour revenir au bout d'une demi-heure.

Une fois, elle trouva Maidy à la porte.

– Je pensais avoir entendu quelque chose, lui dit la jeune fille.

Toutes deux se dévisagèrent, la grassouillette petite Maidy clignant des yeux sous sa frange.

– Quand vas-tu donc te décider à faire ta part ici? lui demanda Miranda. Vous semblez me prendre pour une poire simplement parce que j'ai un peu d'argent. Eh bien, sache que nous étions pauvres quand j'étais jeune! Le savais-tu? Ma mère travaillait de quatre heures à minuit comme infirmière. Je ne la voyais jamais. Et sais-tu pourquoi? Parce que mon père a été tué à cette guerre dont tu ne sais rien. Il avait quelque argent de famille et l'avait déposé en fiducie pour moi, jusqu'à ma majorité – son enfant à naître, comme il m'a désignée dans son testament, parce que c'est bien ce que j'étais alors. Ma mère en fut probablement offensée. Elle n'a même pas voulu toucher les intérêts...

– Eh bien, je suis désolée, dit Maidy. Mais écoute... si c'est de la gratitude que tu veux, pourquoi ne choisis-tu pas quelqu'un qui a de quoi être reconnaissant?

– Tout ce que je veux, reprit Miranda, c'est que tu cesses de croire que tu as tout inventé, la souffrance... l'injustice...

Elle lui claqua la porte au nez mais, le lendemain, elle se sentit tellement coupable qu'elle s'excusa et lui demanda de garder la petite. Et elle n'ouvrit pas la bouche lorsque Chet vint lui dire, une semaine plus tard, qu'il espérait qu'elle comprendrait, que quelque chose de malsain se tramait et qu'il valait mieux qu'il déménage, parce que si toute l'histoire dégénérait en pagaille avant qu'il n'obtienne son statut d'immigrant...

Il respecta un ou deux contrats qu'elle lui avait décrochés, puis disparut; elle entendit dire qu'il était parti sur la côte ouest en faisant de l'auto-stop.

— As-tu pensé, demanda Steve à Miranda, que Chet aurait pu être le coupable?

Miranda ne répondit pas. Car elle y avait pensé en effet. Ç'aurait même pu être Steve. Il aurait eu le temps, ce soir-là, de se faufiler dans sa chambre pendant qu'elle était dans la cuisine ou aux toilettes. Mais garder ces ordures dans sa poche tout le long de son vernissage?... Se pouvait-il qu'il fût aussi malade? Quelqu'un d'autre pouvait-il l'être? Que savait-elle de lui, réflexion faite, sauf qu'il était un homme pansu, qui buvait trop, avait ses limites et les connaissait? Que savait-elle de tous ces gens, ses amis, dont l'opinion qu'elle se faisait d'eux se résumait à quelques phrases? Et, bien qu'elle ne pût imaginer personne faire ces choses, personne non plus ne trouvait grâce à ses yeux.

Plus rien ne survint après le gribouillage sur le miroir de la salle de bains. Toutes ses possessions traversèrent sans encombre un mois de mars venteux et humide. Elle verrouillait ou négligeait parfois de le faire, et inspectait tout soigneusement à chacun de ses retours. Son ennemi l'avait forcée à modifier ses habitudes, la surveillait, supposait-elle maintenant, satisfait de l'avoir ébranlée à ce point.

Puis, un après-midi d'avril, à la laverie, elle engagea la conversation avec un jeune homme qui avait l'idée d'un film pour lequel il avait obtenu un certain soutien financier. Elle l'invita à souper et, après que la petite fut couchée, ils bavardèrent un certain temps puis firent l'amour. Plus tard, quand ils se retrouvèrent allongés côte à côte, discutant de la meilleure façon d'obtenir des subventions – Miranda connaissait des gens qui pouvaient lui être utiles –, elle se vit soudain agir comme elle le faisait toujours, comme si elle n'avait jamais été attaquée, et se retrouva en train de lui raconter toute la suite des petits incidents disgracieux.

– Ouais, il faut de tout pour faire un monde, dit-il et, peu après, il décida de se lever, s'habilla et partit.

Il essaya bien de la revoir, mais la petite eut la varicelle et son état nécessita des soins. Puis Miranda l'attrapa à son tour et fut très malade. Maidy lui descendait de curieux petits repas composés de céréales et de riz brun, et s'occupait de faire prendre l'air à la petite. Steve et d'autres se relayèrent au chevet de Miranda. Lorsqu'elle se sentit assez forte, elle loua un chalet au Muskoka pendant six semaines. Là, elle lézarda au soleil, se baigna, enseigna à la petite à nager en chien et lui apprit quelques jeux de cartes faciles. Les jours s'écoulaient, doux comme du miel, et elle se sentait presque aussi insouciante que l'enfant. Quand le chèque mensuel de son ex-mari lui parvint, elle s'installa pour lui écrire son rapport habituel sur sa fille, mais se surprit à lui dire qu'il n'aurait pas dû l'épouser, qu'elle était tellement plus jeune que lui, que, de toute évidence, il n'aimait pas le mariage et qu'elle ne s'en souciait pas non plus, qu'elle avait été contente qu'il ait décidé de partir mais que, tout de même, ce n'était pas juste, que, la prochaine fois, il devrait choisir quelqu'un d'un peu plus... Elle s'arrêta, étonnée de ce ressentiment qu'elle ne se connaissait pas; c'était bien là l'oeuvre de l'ennemi, qui ne voulait lui laisser aucune chance. Elle déchira la lettre et, quelques jours plus tard, lui écrivit le compte rendu impersonnel auquel elle l'avait habitué. La petite, qui commençait à répondre «Je m'appelle Anne» dès qu'elle l'appelait «ma petite», l'amena à songer que l'enfant était plus perspicace que la mère qui, longtemps auparavant, pour une raison quelconque ou faute de raison tout court, avait adopté un nom autre que le sien. Elle ne se voyait pas retourner à Toronto ni dans cet appartement, retrouver les amis, les hommes, et continuer à vivre.

Seuls deux objets de valeur – le téléviseur et la chaîne stéréo - avaient été épargnés. Tout le reste avait été fracassé, brisé, déchiré, déchiqueté – chaque vêtement, les siens et ceux de l'enfant, toute la vaisselle, les rideaux, les bibelots et les lampes. Même les matelas avaient été éventrés avec un couteau, les tableaux, tailladés. La destruction des chaises et des tables avait sûrement exigé une grande force. Et, partout, cette traînée de saleté...

En larmes, agenouillée près du téléphone, serrant la petite contre elle, Miranda composa plusieurs numéros avant de joindre Steve chez lui. Ce dernier fit aussitôt preuve de sens pratique, arrivant quelques minutes après la police, qu'il avait appelée, et répondant convenablement aux premières questions. Mais même lui ne pouvait pas expliquer pourquoi Miranda n'avait pas rapporté les premiers incidents ou pourquoi, alors qu'elle avait tant de raisons d'être inquiète, elle n'avait pas demandé aux policiers de garder un oeil sur son appartement. (Ou même au concierge, qui, lorsqu'il fut convoqué, affirma n'avoir rien vu ni entendu. Après tout, il ne passait environ qu'une heure par jour dans l'édifice.) Les voisins? L'appartement du milieu était vide depuis le départ de Chet et c'est une Maidy aux yeux ronds qu'on tira du grenier. Elle n'avait rien entendu non plus.

Lorsque Miranda se sentit plus calme, elle se mit à parler d'une voix rapide.

– Pourquoi devrais-je raconter à tout le monde que j'ai des ennemis? Qui voudrait admettre ça? L'auriez-vous fait, vous?

Rasé de près et tenant son menton de telle sorte qu'on ne pouvait discerner si son expression reflétait l'intérêt ou le mépris, le jeune policier l'ignora et continua de parler avec Steve. Convoqués sur les lieux, les experts en empreintes digitales et les photographes vinrent puis repartirent. Les journalistes arrivèrent à leur tour, accompagnés d'autres photographes. Miranda parlait, leur racontait qu'elle allait acheter un chien méchant, qu'elle vivait seule avec sa fille et que toutes deux étaient en danger. Elle et Anne furent ballottées d'un groupe à l'autre, dont certains comptaient, outre Steve et Maidy, des gens étranges qu'elle n'avait jamais rencontrés. Miranda parla jusqu'à ce que, se retrouvant soudain seule avec Steve qui était assis sur le plancher et tenait la petite endormie sur ses genoux, elle lui dise qu'elle ne voulait pas sortir manger, qu'elle devait surveiller la chaîne stéréo. Tard, le soir même, la sonnette résonna et on frappa à la porte; c'était sa mère, que Steve avait appelée à Winnipeg – quand? et comment connaissait-il son nom et l'endroit où elle habitait? Et puis, Miranda parlant toujours, ils se retrouvèrent dans un taxi qui les emporta vers un hôtel. Elle se réveilla plutôt tard le lendemain matin, avec la sensation, presque le poids, d'un regard sur son visage. Mais, assise près de la fenêtre, sa mère lisait un journal étalé sur ses genoux.

– Ah, enfin! fit-elle lorsque Miranda s'appuya sur un coude. Elle se mit alors à remplir l'espace de sa petite voix ferme, les yeux toujours posés sur le journal (cette femme au visage de fleur froissée, avec des lunettes et une petite bouche, qui avait encadré toute l'enfance de Miranda, l'avait soignée lorsqu'elle était malade, avait travaillé pour acheter ses vêtements et payer ses cours de musique et de patinage, avait organisé toute sa vie, mais laissé ses pensées vagabonder, cette femme n'osait maintenant – ou peut-être ne voulait-elle pas – regarder sa fille à demi vêtue). Cette gentille petite d'en haut, expliqua-t-elle – quel nom curieux, serait-ce le diminutif de Maiden? – était venue prendre Anne pour la journée; elles allaient faire un tour dans l'île. Et ce charmant Steve qui, en ce moment même, s'affairait avec le concierge à nettoyer l'appartement. Alors, conclut-elle, elle allait commander le petit déjeuner et elles sortiraient ensuite pour acheter une ou deux...

– Non, dit Miranda. Je ne retourne pas dans cet appartement. Maman, emmène-moi à Winnipeg avec toi.

– Je n'ai pas de place pour toi, dit sa mère.

Elle a probablement un amant, se dit Miranda, *elle est vraiment séduisante.* Et elle éprouva de la tristesse à essayer de glisser son esprit dans la vie de sa mère, véritable étrangère pour elle.

– Je ne peux pas vivre seule, je ne sais pas comment faire, dit-elle. Une vraie salope! Je néglige la... Anne.

— J'en doute, répondit sa mère. Elle n'a pas l'air négligée le moins du monde. Petite...

Oh! appelle-moi par mon nom, pensa Miranda. *Il y a si longtemps que je ne l'ai entendu. J'en ai tellement envie.*

— Pourquoi es-tu si certaine qu'il s'agit de quelqu'un que tu connais? poursuivit sa mère et, comme Miranda ne répondait pas, elle enchaîna : c'est normal. On appelle ça de l'égotisme. Vouloir mériter les choses; c'est tellement moins avilissant qu'être une victime. Mais on passe tous par là à un moment ou à un autre. Allons, sois raisonnable, je sais que tu l'es, et lève-toi.

Miranda s'exécuta et, trois jours plus tard, elle réintégra son appartement avec Anne et quelques meubles empruntés. Sa mère resta en ville une autre semaine, puis retourna à Winnipeg et à sa vie. Miranda acheta effectivement un chien, un boxer qu'on disait féroce, mais le promener lui pesait et les voisins, qui n'avaient pourtant rien entendu au moment où le vandalisme avait été perpétré dans son appartement, ne manquaient pas de se plaindre des hurlements de la bête, laissée seule, le soir. Miranda lui trouva donc un nouveau foyer en banlieue. De toutes façons, elle avait découvert qu'elle n'avait plus peur. L'ennemi ne reviendrait pas. Pourquoi revenir puisque le pire était fait? Il l'avait forcée à plonger au plus profond d'elle-même et, bien qu'elle n'y eût rien découvert de très mauvais, elle n'y avait rien trouvé de très bon non plus.

En septembre, l'appartement d'une autre jeune femme habitant à un coin de rue de là fut saccagé. À sa troisième tentative, le vandale fut pris. Les photos révélèrent un homme petit aux joues creuses : le «moins que rien» classique. Il habitait un vieil immeuble du quartier et avait peu de relations. Il parlait beaucoup d'une mission. Les filles, insistait-il, n'étaient rien, il ne les connaissait pas et ne les choisissait pas non plus; elles étaient élues. Il n'y eut pas de procès et Miranda le regretta. Non pas qu'elle eût voulu témoigner contre lui; elle avait bien trop peur de ce qu'elle aurait pu dire, de ce qu'elle aurait pensé sûrement. Mais elle aurait aimé voir, pour une fois et de tout près, le visage du véritable ennemi, que ce soit du dedans ou du dehors.

Joyce Marshall

Elle aurait alors pu apprendre – non pas pourquoi elle avait été désignée, puisque c'est le hasard pur et simple qui semblait en être la cause, mais pourquoi, une fois choisie, elle s'était mise à nu de la sorte, prête à voir sa vie s'écrouler. Elle connaît maintenant de vue les deux autres victimes et se dit toujours qu'elle va leur en parler, mais n'en fait rien; on dirait que cela ne les a pas affectées.

Et où se cachent les autres menaces? Car elle sait fort bien qu'il y en aura d'autres, qu'elles sont là quelque part. Peut-être est-ce la raison pour laquelle elle continue d'en parler, vivant au jour le jour... quasi confiante.

MARQUIS
PRINTED BY
IMPRIMERIE D'ÉDITION MARQUIS
IN NOVEMBER 1995
MONTMAGNY (QUÉBEC)